家政婦は見た！

紀州のドン・ファンと妻と
7人のパパ活女子

紀州のドン・ファン家政婦

木下純代

家政婦は見た！

紀州のドン・ファンと妻と7人のパパ活女子

はじめに

世間を悲しくも賑わせました「紀州のドン・ファン」の家政婦と呼ばれた女、木下純代です。

これまでの行きすぎた報道、憶測、尾ひれがついた噂話——。「紀州のドン・ファン」こと野崎幸助社長が亡くなった2018年5月24日以来、私は〝犯人〟と呼ばれ続けた3年以上を送りました。変装しながら身を潜めて暮らす、逃亡生活のような日々。30年間にわたり、共に戦ってきた戦友でもありビジネスパートナーでもある彼を突然失った悲しみに浸る間もなく、私を襲った悲劇はあまりにも残酷でした。

唯一の味方になるはずの野崎社長はこの世にもうおらず、「家政婦の分際で何様なんだ」「家政婦が怪しい」と会ったこともない赤の他人からの誹謗中傷の数々。毎日、ワイドショー、記者やカメラマンに追われ、仕事も失い、家族に泣かれ、友人は離れていきました。病気にも悩まされ、もう生きているのか死んでいるのか分からない悪夢のような数年間が過ぎました。

その渦中で、今まで私が見てきた真実を、私の言葉でお伝えしようと、野崎社長に敬意を払い、ご冥福を祈りながらも、今回、筆を執りました。


「紀州のドン・ファン」こと野崎幸助社長は、1941年、和歌山県田辺市で生まれました。中卒で学歴もない野崎社長が、鉄くず拾い、コンドームの装着実演つき訪問販売員、酒屋、梅干し屋、不動産業、金貸し業など実にさまざまなビジネスを手がけ、一代で総額50億円もの財を築き、成り上がったのは有名な話かと思われます。

77年の生涯を通じて、計4000人もの美しい女性たちとフリーセックスに明け暮れ、1日3ラウンドに及ぶ本番行為を繰り返す日々。選ばれた女性たちとの「パパ活」という、通常の概念を遥かに超えたハードな性生活と、その成功の裏には、数々のトラブルがありました。脱税してはマルサ（国税局査察部）に踏み込まれ、会社は訴えられて社長退任。自宅の風呂場から強盗に押し入られて殺されかけ、信じていた女からは窃盗された挙句に裏切られ、家から出ればヤクザに襲撃されて足を刺され……。

それでもなお、生命をかけて金と女に奮闘し、翻弄された壮絶な77年間でしたが、あまりにもあっけなく、突然その生涯に幕を閉じました。
忘れもしないあの夜——。固まって冷たくなった体は何も語ることはありません。どれだけ叫んだとしても、どれだけ揺すったとしても……。今、野崎社長のお墓の前で手を合わせて目を閉じると、30年前に野崎社長に出会った日のことが走馬灯のように蘇るのです。

1990年　和歌山県の某高級旅館

立派な門をくぐると、待っていましたとばかりに、上品な着物姿の仲居さんが迎え入れてくれました。長い廊下を歩いていくと、障子の奥から薄暗い光が心細く漏《も》れています。私の憂鬱《ゆううつ》な気分を察するかのように——。
「入りなさい」

障子の奥から、優しそうな男の声が聞こえました。

仲居さんが両手で障子を開けると、浴衣姿の野崎社長がビールを片手に、あぐらを組んでいます。お風呂上がりのようで、アルコールも入り、はだけた浴衣の胸元から赤みがかった肌が見えるのが妙に気になりました。

畳の縁を跨《また》ぎ、会釈をすると、下から上まで舐め回すような視線を感じます。恐る恐る顔をあげました。

「座りなさい」

言われるがまま座布団に座り、仲居さんから注がれるビールを見つめながら、私の父を心底恨みました。

なんでこんな男から借金をしたんだろう……。

当時、私の父親は地元で議員をしていました。人が良いばかりに、知人の借金の保証人を引き受けてしまい、借金をした当の本人は、借金を踏み倒してどこかに逃げてしまいました。残ったのは督促の赤紙と借金。貸主である野崎社長との面会は、困り果てた父からの頼みでした。

「あんたなかなか良い子だね、貸した金は60万だったかな。あんた次第では、30万に負けてあげてもいいよ」

そっと私の肩に手を伸ばし、そのニヤついた視線の先を見ると、襖の隙間から、布団がきっちりと敷かれているのが見えました。まるで映画のような、お決まりの展開です。

女の勘が働くと言いましょうか、私もいくつもの修羅場を潜り抜けていますから、事前に弟に連絡をし、迎えに来てもらうよう、手はまわしていました。そんなことは、野崎社長本人は知る由《よし》もありませんが……。

当時、私は東京の六本木で高級クラブを経営していました。一時は医者、弁護士、スポーツ選手、芸能人で溢れ返り、一世を風靡《ふうび》したものでした。バブル崩壊の真っ最中ではありましたが、60万円くらい、ドンペリでも入れれば、ものの30分で稼げていた時代です。

「このくらいの金で人を何様だと思ってんだ」と腹が立ったその瞬間、ものすごい勢いで野崎社長が襲いかかってくるではありませんか。しかし、気づけば、反射的に投げ飛ばしていたようでした。と同時に、野崎社長の眼鏡が、川に投げつけられた小石のようにバウンドしていくのが見えました。

これは完全に終わった、怒らせてしまった……。

最悪の事態が脳裏を駆け巡る中、野崎社長は慌てた様子で眼鏡を拾っています。

「家まで送っていきますよ」

どこか怯えた様子で声をかけてきました。

「あんたのお父さん、狩人だから、鉄砲持ってるだろう。撃ちに来られても困りますから。借金も半額の返済で良いですから」

そう言い捨てると、いそいそと車に乗り込み、車中、居心地の悪いまま、実家まで送ってくれました。私が助手席から降りると、黒いベンツは急発進し、あっという間に夜の闇に飲み込まれていきました。

私は、野崎社長の気が変わる前にと、すぐに借金の返済を済ませました。もう二度と野崎社長と会うこともないだろう……。そう思いながら月日は流れていきました。

1991年――。

「木下さん、あんた六本木で店やってると言ってたよな。私の事業を東京に進出させたいから、手伝ってくれないかね？」

突然かかってきた電話を受けると、1年ぶりに聞き覚えのある声が――。当時、野崎社長は地元で金貸し業も行っていましたが、事業は順調とは言えませんでした。踏み倒されることも多いうえ、担保に取った不動産は田んぼのど真ん中や山奥ばかり。売ろうにも、まったく売れず、赤字だったのです。そこで、思い切って東京に進出したのが転機となりました。金を貸す相手は、手堅い一流企業の勤め人ばかり。

「木下さん、すごいですね！　みんな、お金をちゃんと返してくれますよ！」

「そうですよ、社長。踏み倒したりなんてしたら、会社に言いつけられて、クビになっちゃいますもん」

私は、野崎社長が東京に進出するための立ち上げから仕事を手伝い、ビラやティッシュ配りなども担当。丸の内、新橋、神田と、毎日、朝から晩まで、雨の日も嵐の日も、野崎社長と一緒に、ずぶ濡れになりながら配り続けました。いわゆる〝サラ金〟で一発当てた野崎社長は、この頃から一気に富を築きます。

仕事上の相棒となった私に、野崎社長はプライベートでも信頼を寄せるようになりました。

「この子は僕の新しいカノジョです。きれいな子でしょ。僕はこの子と結婚することに決めました！」

私を、パパ活女子たちに引き合わせるようになったのです。パーティや食事会の場で、次々と若い女の子を紹介されました。

「昨日会った子ですけど、どう思いますか？」

そう言って毎回、感想を求められます。同じ女性の視点から見て、知的な子かどうか、魅力的な子かどうか、信用に足る子かどうか、確かめてほしかったのでしょう。

こうして私は、実に30年間にわたって、ドン・ファンこと野崎社長に群がるパパ活女子たちを間近で観察してきました。

お金のためであれば、女性は愛のないセックスにも耐えられるのか？
愛のない結婚は、果たして成立しうるのか？
「お金のためのセックス」と「愛する人とのセックス」に、どれほどの違いがあるのか――。

ずっと長い間、私は終わりのない問いへの答えを探し続けてきました。
1951年生まれの私は、古希（70歳）を迎えました。年の功とでも言いましょうか。紀州のドン・ファンが晩年交際していた「7人のパパ活女子」の生き方、そして「3人目の本妻」の生き方を間近に見ながら、終わりのない問いへの答えがおぼろげながら見えてきたような気がします。

「7人のパパ活女子」と「3人目の本妻」には共通項がありました。若くて美人で、背が高くてグラマラスなボディの持ち主であることです。ただし、それぞれの女性の生い立ちや内面には、明確な違いがありました。裕福な家庭に育った子、才色兼備の高学歴の持ち主、外国から来た女性もいました。どの女性もドン・ファンとセックスをし、身をもって1万円札を稼いだであろう、いわゆる「上級プロ彼女」と思しき美女たちです。家政婦の目に、彼女たちの姿と言動がどう映ったのか。今までほとんどメディアの取材に応じてこなかった私ですが、1冊の本を書き下ろし、誰にも明かしたことのない体験談を公開する決意を固めました。

本書が「女性の本当の幸せとは何か?」という命題について皆さんが考えるきっかけになれば、望外の喜びです。

CONTENTS

登場する女性たちのプライバシーには十分に配慮を致しております。事件となんら関係づけるものではございません。また、登場する一般女性の名前はすべて仮名です。

パーティにて、紀州のドン・ファンをサポートする著者（左・2014年8月撮影）

第1章
若妻との「出会い」

76歳のドン・ファンと21歳女性の電撃結婚

「今日、入籍届を提出しました」

２０１８年2月8日、ドン・ファンからそう結婚報告を受けたときは、ひっくり返るほどビックリしました。計４０００人もの女性と、毎日3回セックスをしてきたあの人が、今さら特定の一人に落ち着くとは、とても思えなかったからです。

「僕は今まで2回結婚に失敗してきました。76歳の後期高齢者である僕にとって、結婚のチャンスは、あと1回しかありません。お願いです。サエさん（以下、登場する女性はすべて仮名）、僕にとって、人生最後の女性になってくれませんか？　あなたの人生を必ず素敵なものにしますから」

そんなストレートなプロポーズによって、結婚のOKをもらったそうです。

彼にはこれまで2回の離婚歴があります。2人目の奥さんと離婚してからというもの、女性に懲りるどころか、好色ぶりはどんどんエスカレートしていきました。

「あなたは素晴らしい！　ビューティフォー！」

「僕と結婚しましょう！」

会う人会う人に、こう連発するドン・ファンですから、女性だってその言葉を誰も本気で受け止めていなかったはずです。

そんな4000人斬りの性豪ドン・ファンを射止めたのは、当時、弱冠21歳のサエちゃんでした。ドン・ファンは当時76歳でしたから、なんと55歳差の超年の差婚です。ドン・ファンは彼女のどこに惚れこんだのでしょう。

サエちゃんに初めて会ったとき、55歳差婚が成立したことに納得しました。身長は167センチあり、ヒールを履くと180センチの長身に見えます。身長160センチのドン・ファンと並ぶと、まさしく凸凹コンビです。

色白で黒髪がサラッと長く、上から下までシックなコーディネートで、21歳とは思えない大人の雰囲気を醸し出していました。腕にかかえた高価なセリーヌのバッグを、弱冠21歳の彼女が持っていることに、少し違和感があったのは事実です。物静かで余計なことは何一つ言わず、どちらかと言えば、銀座のクラブでホステスとして働いていそうなクールビューティです。

「このコ、オッパイがDカップあるんですよ。すごいんですよ。ムフフフフ」

巨乳好きのドン・ファンが、欲情丸出しで、私に自慢げに言いました。若くて美人、ボディはピチピチでハリがあって、しかも身長が高い。ドン・ファン好みの条件が、全部揃っていました。イメージどおりの理想の女性と、ようやく結婚できるチャンスが訪れたのです。もっとも、理想だったはずの夢の結婚生活は、それからほどなくして、ガラガラと音を立てて崩れていくのですが……。

羽田空港で「ヘイ！　カノジョ！」とナンパしまくるドン・ファン

サエちゃんが初めて和歌山県田辺のドン・ファン宅へやってきたのは、2017年12月のことです。その直前に知り合ったと聞きました。

ドン・ファンの説明によると、出会いのきっかけは以下のとおりです。

「羽田空港で滑って転んだとき、サエさんが慌てて駆け寄ってきて、僕のことを助けてくれたんです。こんな優しい女性がどこにいますか？『大丈夫ですか？』と声をかけてくれた女性の顔を見たら、体中にビリビリと電流が走りました。美しい。素晴らしい。僕はこの人と結婚したい。いや、必ず結婚する。一目惚れでした」

「『助けてくれて、本当にありがとうございます。この御礼に、あなたを食事にお誘いしたいのですが、今日はこれから、お忙しく予定が入っていらっしゃいますか？』。そんなふうに声をかけたのをきっかけに、僕とサエさんのお付き合いが始まりました」

羽田空港での運命の出会いをきっかけに交際が始まり、東京や和歌山でデートを重ねて、スピード婚に至った——というのです。おそらく、この話はドン・ファンの作り話でしょう。事実があるとすれば、サエさんに限らずドン・ファンは女性の名前を呼ぶときに大抵「さん」づけをします。女性を尊重しているのか、呼び捨てで呼んだり、愛称、ニックネームをつけたりすることなく、きちんと若い女性にでもさんづけをしていました。30年一緒にいた私も「木下さん」と呼ばれ、また常に敬語を使うよう心がけていたのか、東京弁を話そうとすると自然に敬語になるのか、怒っているとき以外はとても丁寧な話し方をする方でした。

とにかく、空港で誰かれかまわず「ヘイ！　カノジョ！」と声をかけまくってナンパするのは、ドン・ファンの常套《じょうとう》手段でした。サエちゃん以外にも「僕が転んだら、優しく声をかけて、助けてくれたんですよ」と紹介する女性が、かつていました。

ドン・ファンとその女性が空港で出会ったことは事実のようです。彼女は九州から、東京まで整形しに来たと言っていました。

「空港で社長に優しくしてくださったそうですね。ありがとうございます」

そう私が御礼を言うと、

「いいえ、違います。『あなたかわいいですね。お食事しませんか』と声をかけられたんで」

と否定されました。まったく面識がない若い女性をいきなりナンパして、そこから交際にまでこぎつけてしまう。おそらく札束の力による豪腕です。

一方、ドン・ファンとサエちゃんは、空港でのロマンチックな出会いからは程遠く、報道がもし事実であったとすれば、パパ活斡旋《あっせん》業者（第2章で詳しく説明します）に高額な紹介料を払い、パパ活で手っ取り早くお金を稼ぎたい……サエちゃんを紹介してもらったのではないかと思います。

「僕はサエさんのボディの上で腹上死してしまうかもしれない」

初対面のサエちゃんは「若くて美人だけど、無表情で、感情表現が乏しい、スマホ依存症」という印象でした。あまり気がきくわけでもなく、その場の空気を読んで居合わせた人をなごませるわけでもない。何か質問しても、ろくに答えが返ってこないこともしばしば。ほとんど笑うこともなく、気づけばスマホをいじっている。もっとも、社会経験が乏しい20歳そこそこの女の子なんて、そんなものかもしれませんが。

サエちゃんは札幌出身だと言っていました。特別に訛《なま》りがあるわけでもないですが、ただそのきめ細かい白い肌は、道産子《どさんこ》美人とでも言いましょうか。

札幌から東京に出てきたあと、新宿の抜弁天《ぬけべんてん》近くにあるマンションで、お姉さんと同居していると言っていました。彼氏と同居していたのか、本当にお姉さんと同居していたのか、真相は定かではありません。

「東京ではどんな仕事をしてるんですか？」と訊ねると、こんな説明をしていました。

「モデルをしています。中国でよくモデルの仕事をもらうので、仕事で海外に行くことも多く、日本と海外を行ったり来たりしています」

この説明は、ミーハーなドン・ファンの好奇心をおおいに満たしました。私の娘が、サエちゃんが開設しているインスタグラムのアカウントを見せてくれたことがあります。そこにはブランドバッグに囲まれているサエちゃん、見るからに高そうなフランス料理、サングラスをかけて海外を楽しむサエちゃんなど、インスタ映えしたセレブ生活が投稿されていました。また、「中国のレッドカーペットで撮った」という写真もありました。

どこかのファッションショーに出たときのものなのか、ただ単に観光客がレッドカーペットの上で撮っただけなのか、実際のところは分かりませんが、他人が羨《うらや》むようなリア充アピールが彼女のインスタグラムでは繰り広げられていたのです。

一度、私の娘にサエちゃんを会わせたときに「サエちゃん、趣味とかありますか？」と、沈黙に耐えきれなかった娘が口を開くと、「海外旅行ですかね。パリも好きですが、特にドバイが好きで」と答えたことがありました。たまたま、ドバイ旅行から帰ってきたばかりの娘が、「あ～、そのことを知っていたら、ドバイに行く前にサエちゃんにいろいろとオススメを教えてもらえば良かったなー！」と話すと、「良かったら、良い男性を紹介しますよ。とてもお金持ちな方なので、泊まるところもありますよ」と微笑みながら答えました。

21歳にして、ドバイが好きな国だと言える人もなかなかいないと思いますが（70年生きてたって行ったことがないのですから）、それが、オススメの観光地や可愛いカフェを紹介するのかと思いきや、こんな意外な返答が来るとは夢にも思わず、「これは、ただものではないな」ということが、垣間見られた瞬間でもありました。実際にどんな仕事をしていたのかはわかりませんが、サエちゃんが派手な暮らしをしていたことは事実のようです。

海外のファッションショーで活躍する国際派モデルと、会うたびに1日3回もセックスしまくることができる。サエちゃんがオーバーな物言いで自分の仕事について説明すればするほど、ドン・ファンは満足げな様子でした。

「さすがモデルとして大活躍しているだけあって、オッパイもお尻もアソコもものすごいんです。若くてピチピチしていて、サエさんはちっとも僕を休ませてくれません。3回目だけじゃなくて、4回戦もどうかという勢いですよ。このままだと僕は、サエさんのボディの上で腹上死してしまうかもしれない。セックスの真っ最中にポックリ逝くなら、それはそれで幸せな最期ではありますけどね。フッ、フッ、フッ」

「腹上死」という物騒な言い方で、ドン・ファンがサエちゃんを絶賛していたことが忘れられません。

幻に終わった
ドン・ファンの結婚式

ドン・ファンとサエちゃんが電撃入籍したのは、2018年2月8日のことです。普通は入籍したら同居を開始し、アツアツの新婚生活が始まるものですが、2人の場合は、残念なことにそううまくはいきませんでした。田辺市役所で婚姻届を提出するやいなや、サエちゃんはすぐさま東京に戻ってしまったのです。

「急な話だったので田辺まで来ましたけど、これからしばらく、東京で仕事をいろいろ片づけなくちゃ。海外出張の予定もあるし、すぐには田辺に引っ越せません」

そんな言い訳をします。入籍するまでの間は、東京や和歌山で頻繁にドン・ファンと会っていたようですが、婚姻届を出してからの彼女はどうも様子がおかしいのです。

パーティや食事会が大好きなドン・ファンは、サエちゃんとの結婚をみんなに自慢したくてたまりませんでした。

「結婚式は、3月24日に闘雞《とうけい》神社でやります。サエさんが帰ってくるまでに、急いで段取りを整えて準備してください」

毎日あちこちに電話をかけまくりながら、会社のスタッフや私に、矢継ぎ早に指示を出していました。

闘雞神社とは、田辺市にある有名な神社です。熊野三山（熊野本宮《ほんぐう》大社、熊野速玉《はやたま》大社、熊野那智《なち》大社）の別宮（本宮と密接な関係のある神社）と位置づけられており、1600年以上にわたって人々に親しまれてきました。2016年10月には、ユネスコ（国連教育科学文化機関）の世界遺産「紀伊山地の霊場と参詣道」に追加登録された名勝です。実はドン・ファンはとても信心深い方でした。毎年神社にお参りに行き、莫大なお金を寄付していましたし、自宅には神棚を祀《まつ》りお供物をしていました。

せっかく結婚のお披露目式を楽しみにしていたのに、サエちゃんはこの計画に猛反発しました。

「結婚式なんてやるなら、離婚するから！」

「人前でなんて、私と社長の関係をさらしたくないの。絶対に嫌……」

見事にはっきりと断られ、３月24日の結婚式は、お流れになってしまったのです。

ボンと渡された100万円の札束

サエちゃんが初めて和歌山に来たとき、ドン・ファンはいきなり「はい、これはお小遣いね」と言って１００万円の札束をボンと渡しました。パパ活セックスをしてくれるほかの子には10万円しか渡さないのに、ケタが一つ違います。

「ありがとう」

サエちゃんはすぐさま、その札束をバッグにしまいました。家政婦の私には、日当1万円プラス交通費、私に帰ってもらいたくないからと帰りの交通費を渋って、くれないことも多々ありました。たまには、いくらかボーナスをくれても良さそうなものなのに、昨日や今日会った小娘にいきなり１００万円を渡しているのを見て、良い気分はしませんでした。

ドン・ファンとパパ活をし、入籍までしたのは、報道されているとおり、お金目当てだったのでしょうか？　セックスフレンドでは1回のデートに10万円支給が限界、結婚すれば会わなくても、セックスをしなくても１００万円が自動的に手に入る。こんな楽なことはない。あくまで私の推測にすぎませんが、そう考えていたのかもしれません。もちろん、本当の気持ちはサエちゃんにしか分かりませんが……。

あるとき、結婚早々、「和歌山に来ないなら離婚だ！」とドン・ファンが騒ぎ立て、サエちゃんが無理やり東京から連れ戻されたことがありました。すると、ドン・ファンが席をはずしたタイミングで、サエちゃんは私にボソッとこのようなニュアンスのことを漏らしました。

「社長が死んだら、私、お金もらえるんですかね？」

パパ活のセックスフレンドでいる限り、遺産を相続することはできません。１カ月１００万円のお小遣いをくれると約束してくれたとしても、ドン・ファンが亡くなった瞬間、お小遣いの支給はたちまちストップします。しかし、籍を入れた配偶者となると、話はまったく別です。妻には遺産相続の権利がありますから、総額50億円とも言われる莫大な財産のうち、かなりの額を手にすることができます。

「結婚して奥さんなんだから、そりゃお金もらえるんじゃない？」

まさか、このときの会話が、のちの大騒動に発展しようとは……。当時の私は知る由もありませんでした。

すすきのホストクラブでの噂

報道によると、サエちゃんは高校を卒業してから、札幌の美容専門学校に進学しました。この頃から、サエちゃんはすすきののホストクラブに足を運ぶようになったようです。キャバクラもホストクラブも、一度ハマると底なし沼のように抜けられません。そこで出会ったキャバクラ嬢やホストとは疑似恋愛の関係でしかないのに、熱い恋心を抱いて、その人に何度でも会いに行きたくなってしまう。客にお金をたくさん使わせるのが目的ですから、ホストはまるで彼氏のように客に優しく接し、甘い言葉をかけてくれます。白馬の王子様のようなホストのことを、サエちゃんは完全に好きになってしまったのでしょうか？　自分の支払い能力を超えたお金をホストクラブで使ったと囁《ささや》かれ、返済に困ってパパ活を始めたのではとも一部で報じられています。資産家のドン・ファンに接触するのは、サエちゃんにとって自然な流れだったのでしょうか。

２０２１年5月19日、サエちゃんはドン・ファンの殺人ならびに覚醒剤取締法違反（使用）の嫌疑をかけられ、和歌山地検に起訴されました。ただし、この原稿を書いている時点で、サエちゃんが今後どうなるかは、裁判所の判断を待つしかありません。逮捕されても起訴に至らない容疑はいくらでもありますし、たとえ起訴されても無罪の判決が出ることは多々あります。刑事裁判は「推定無罪」が原則です。逮捕・起訴された瞬間、彼女を犯人と決めつけるのは絶対にいけません。私は本当に、心からそう思っています。いずれにせよ、ドン・ファンと出会うまでのサエちゃんの数年間は、謎であり、さまざまな噂が絶えなかったわけですが……。

ドン・ファンの知人や会社関係者も、家政婦としてすぐ近くで2人を見ていた私も、まさかサエちゃんが警察に逮捕されるとは思いもしませんでした。もちろん、ドン・ファン本人も天国できっとそう思っているはずです。私自身、あるときは娘のように接していましたし、一緒に買い物に行ったり、一緒のベッドで寝ることだってありました。本当に残念で仕方がないというのが、正直なところです。

ただ、パパ活による彼女との出会いが、ドン・ファンにとっての運命の分かれ道だったことは間違いありません。彼女との出会いが、4000人斬りのめくるめくセックスライフに突然ピリオドを打ったのです。

若き日の紀州のドン・ファンと著者（左）

第 2 章

SEXの館

「ヘイ！ カノジョ！ 僕と付き合いませんか！」

世間を騒がせた紀州のドン・ファンは、本人によれば、計4000人の女性に30億円を貢ぎ、365日セックスに明け暮れる人生を過ごしました。タイガー・ウッズと同じセックス依存症だったのでしょう。はっきりと病名を直接告げられたわけではありませんが、そうとしか思えない絶倫ぶりを発揮していました。

道を歩いているときに若い女性が向こうから歩いてくると、ドン・ファンは誰かれかまわず、とにかく声をかけまくります。

「ヘイ！ カノジョ！ 僕と付き合いませんか！」

「ヘイ！ カノジョ！ あなたスーパー美人ですね！ 結婚を前提に付き合ってください！」

まったく面識のない女性に次から次へと交際を申し込み、いとも簡単に「結婚」の二文字を口にするのです。ドン・ファンは30代半ばを過ぎた女性には、あまり興味を示しませんでした。性的対象はもっぱら、身長が170センチ近くある20代のきれいな女性です。

法律で禁じられてさえいなければ、ドン・ファンは10代の女の子にも確実に手を出したでしょう。なにしろ私が一緒に道を歩いていると、セーラー服を着た高校生だけでなく、ランドセルを背負った小学生にまで声をかけることがあったのです。成長が早い子は、小学5~6年生にもなると女性らしい体へと変化します。そういう子を間近に見ると、欲情していつもの「ヘイ！　ビューティフル！　カワイイですね！」「お小遣いあげようか？」が飛び出すのです。

「社長！　やめてください!!　いくらなんでも小学生までナンパしたら、逮捕されちゃいますよ！」

隣にいる私は、110番通報されないように社長を必死で止めなければなりませんでした。

家政婦の娘を誘拐したドン・ファン

ドン・ファンはなんと、私をハメて、娘を誘拐したことがあります。

「娘さんも連れて、泊まりで伊勢神宮にお参りに行きましょう」

あるとき、ドン・ファンがこんな提案をしてきました。娘がまだ小さく、家に一人で置いていけないことを気にかけてくれていたドン・ファンは、よく娘も一緒にと誘ってくれていました。なので、疑問に思うこともなく、いつもどおり、娘も連れて行きました。

荷物をトランクに入れ、ドン・ファンがベンツの助手席に座ると、運転手がエンジンをかけます。娘を後部座席に乗せ、私も一緒に乗り込もうとした、そのときです。

「木下さん、会社で確認してきてもらいたいことがあります」

そう言われ、私が車から離れた瞬間――、ドン・ファンの車が「パーン！」と急発進しました。私を置き去りにして、娘を犯そうと企んでいたのです。

ドン・ファンは私にはもう一切、興味を示しません。年増《としま》だからです。でも娘のことは、完全に性的対象として見ていました。問題は、このとき娘がまだ中学生か高校生だったことです。一応、指示どおり会社に戻ると、机の上には、ドン・ファンから私宛に10万円の札束が無防備に置かれているではないですか。

おそらく、ティーンの生娘《きむすめ》相手に10万円を払い、パパ活を強要しようとしたのでしょう。いくらなんでも、小さい頃から見ていた私の娘にまで手を出すとは。しかも、たった10万円で私から娘を買おうとしたのか……。呆れて口が塞がらないその瞬間、「まずい！」と焦った私は、慌ててドン・ファンが電話に出るまで、かけてかけてかけまくりました。やっとドン・ファンが電話に出ると、私は思いっきりブチキレました。

「このエロジジイ！　帰ってこい、テメエコンニャローッ！　ほかの女とウチの娘を一緒にすんじゃねえよ！」

「お前みたいなうす汚い男、ぶっ殺してやるからな!!」

電話口から「もっ、もっ、戻ります」と、今まで聞いたことのないドン・ファンの恐れおののいた声が聞こえました。そして、運転手に「いっ、今すぐ戻れ」と指示すると、高速道路をそのまま逆走するほどの、ものすごい勢いで会社に戻ってきました。本人にとっては、いつもの遊びのつもりだったのでしょう。うまくいけば、お小遣いに目がくらんだ娘が、今後もパパ活の相手をしてくれると本気で思っていたはずです。

「アンタとはもうおしまいだ！　娘とも一生、会わせないからな！」

我を見失って激昂し、机に置いてあった10万円を投げつけ、ものすごい剣幕で詰め寄ったところ、ドン・ファンは後ずさりしながら平身低頭で謝ってきました。

「スマンスマン。ちょっとドライブに行こうというつもりだったんだよ。もう、こういうことはしないから、そんなに怒らんで許してくださいよ。ねえ」

借金を取り立てるときはヤクザ顔負けのベランメエ口調になるドン・ファンが、あのときばかりは初めて本気でビビっていました。大事な娘が犯された日には、私が父の猟銃を抱えて向かってくることが、はっきり分かったのでしょう。家政婦の娘まで手ごめにしようとは、ドン・ファンの女好きは徹底的に筋金入りなのです。

「エルメスのカバンのような
イイ女にならなきゃダメだ」

そうは言っても、そんなドン・ファンにも、優しい父親のような側面もありました。子供に恵まれなかったこともあり、私の娘を自分の子のようにかわいがり、食事会やパーティの場にしょっちゅう招いてくれたのです。

「あなたはテーブルマナーも社交の作法もちゃんと勉強して、今から大人の世界をよく知っておくんだよ。若いうちから場数を踏んでおけば、大きくなったときに、きっと役に立つ。どこに出かけても恥じることなく、どんなセレブや芸能人を前にしても、堂々とシャンとしていられるようになるからね」

交友のある芸能人やスポーツ選手を紹介し、ドン・ファンはセレブがひしめく社交界に娘を招き入れてくれました。

「あなたはイイ女にならなきゃダメだ」

「ワゴンセールで売られるような、安っぽい女になっちゃいけませんよ。カギのかかったケースに入ったエルメスのカバンのように、簡単に手の届かない、どこに出しても恥ずかしくない、立派な女性にならなければいけません」

そう言って、イイ女は本物を知ることが大事なことだと、ドン・ファン行きつけのエルメス、ボッテガ・ヴェネタ、ランバンのお店に娘を一緒に連れて行き、洋服や小物を買い与えてくれたこともありました。確かに高級ブランド店には、量販店では味わえない緊張感と特別感がありました。まず、ウェルカムサービスのシャンパンが出され、ソファー席に通されます。一つ一つの美しい品物を丁寧に説明するドン・ファン担当のスタッフは、そのブランドに負けない品を持ち合わせ、乱れのないキリッとした髪型、一分の隙もない完璧な対応です。凡人の私たちですらＶＩＰになったような気分にさせてくれました。

「一流にならなきゃダメです。とにかく良いレストランをたくさん知っときなさい。損はしないですから。一流の味を知れば、二流や三流との違いがわかるものだからね。二流や三流の店ばかりに行っていたら、いつまで経っても一流はわからないものです」

娘にそう言いながら、政治家御用達の吉兆、海外の大統領の舌も唸らせた天ぷらの天一、5つ星ホテルのザ・リッツ・カールトン東京など、数え切れないほどの最高峰クラスの名店に、度々、連れて行ってくれました。私たちのような庶民にはとても手が出ない高級料亭やミシュランレストランで、ドン・ファンは惜しげもなく上級の食事をさせてくれたのです。

もっとも、娘が成人してからは「僕とお付き合いしたら良いと思いますよ」と、私の目を盗んではときどき、口走っていたようですが。小さな頃からずっと面倒を見てきた娘と、いつかセックスしてみたいという願望を、終生、抱いていたのでしょうか……。

吉原のソープランドで1日3回戦に挑む

自分の隣に女性がいないと、すぐにイライラし始め、逆に女性さえあてがっておけば、いつも機嫌が良い。ドン・ファンはとてもわかりやすい性格なのです。東京へ出張に来たとき、イライラ、ムカムカしてどうしようもないことがありました。そこで性欲が溜まったドン・ファンを、吉原の風俗街に連れて行ったのです。ドン・ファンを車に乗せて、高級ソープランドの前で下ろし、プレイが終わるまで車の中で待っていることにしました。ところが、1時間が経ち、2時間が経ち、待てど暮らせど、全然帰ってきません。

ようやく店から出てきたドン・ファンは、満面の笑みでこう言い放ちます。

「すまん、すまん。お店のコが、美人でオッパイが大きくて素晴らしくてねえ。あんまりイイ女だから、時間を延長して3回もアレをしちゃったんですよ〜」

ソープランドの中に入ったことはないのでよく知りませんが、120分コースで頑張ったとして、3回もフィニッシュまでイケるものなのでしょうか。吉原の高級ソープだけに、とびきり上級の女の子が揃っているにしても、ドン・ファンの精力はたいしたものです。風呂あがりのテラテラした顔でプレイの感想を語るドン・ファンは、ちょっと休憩したらもう一度吉原に繰り出したいくらいの勢いでした。和歌山の田舎には、吉原クラスのソープ嬢なんてまずいません。ドン・ファンはすっかり味をしめたらしく、それからときどき「今日はこれから浅草方面に行きましょう」と言うようになりました。

飛行機で
CAの手を握って渡す1万円

ドン・ファンは南紀白浜空港から羽田空港へ、出張のために毎月最低でも2回は飛んでいました。和歌山―東京便を飛ばしているJALのCA（キャビン・アテンダント）は美人揃いです。CAには身長が高い人が多く、なおさらドン・ファンの女性の趣味に合致します。

そこで飛行機に乗るたび、きれいなCAにはすかさず「ありがとうね」と声をかけて手を握り、自分の電話番号を書いたメモを渡すのです。

以前、メモと一緒にお小遣いを渡そうとしたことがありました。すると当然「いえいえ、お客様、そういったお気遣いは困りますから」と断られてしまいます。するとドン・ファンは、名刺（なんと、名刺の裏側に切れ込みがあり、お札を挟める特製仕様なのです！）やメモの間に1万円札を折りたたみ、お札を隠して渡すようになりました。

CAに限らず、誰かから名刺を受け取ったあとに突き返す人はいません。「自分はこういう者ですから」と挨拶してくれるのですから、とりあえず名刺は受け取っておくものです。フライトの仕事が終わったあと「そういえば、さっきの人が名刺をくれたな」と名前を確かめたときに、1万円札に気づくのでしょう。

でもこの作戦によって、ＣＡとのパパ活に成功したという話は聞いたことがありません。数撃ちゃ当たる方式で、１００人だろうが２００人だろうが、１万円札を渡し続ける。ドン・ファンにとっては、一回一回のフライトも、貴重な女性ハンティングの戦場なのでした。

交際クラブと大物アイドルAとプロスケーターE

とにかく若くてきれいな女性を抱きたい。１日3回、３６５日欠かさずセックスに明け暮れたい。

そんな稀代の性豪ドン・ファンが、東京に出張するたびに利用していたのが、銀座の交際クラブです。入会金だけで50万円だか１００万円だかを取られ、ただでさえ敷居が高いうえに、女の子を１人紹介してもらうたびに、５万円の紹介料を支払わなければなりません。

そのかわり、女の子のレベルはピカイチです。「20代」「高身長」「美人」「巨乳」というドン・ファン好みの女の子を、次から次へと紹介してもらえます(そこで知り合った女性の一端については、第3~5章をご覧ください)。

おそらくこの交際クラブで知り合ったものと思われますが、ドン・ファンがタレントのAさんの写真を見せてくれたことがありました。

「このコ、紹介されたんですが知ってますか?」

どうやら、すでに会っているとのこと。「モデルや芸能人もたくさん登録されている」と、嬉しそうに見せてきたのです。当時、テレビのバラエティ番組にもよく出ていた人気者だったので、本当に本人かは定かではありませんが、「芸能人がパパ活なんてやるのか!?」とひっくり返ったものです。ドン・ファンいわく、彼女が金銭トラブルに巻き込まれて困っていたときには、コッソリ金銭的援助をしてあげたこともあったようです。そのくせ、「あんまりタイプじゃなかった」と言い出す始末。あれほど自慢していたのに、ドン・ファンの飽き性には呆れたものです。

一方、常に美女を求めているドン・ファンの噂を聞きつけ、「いいコを紹介しますよ！」と寄ってくる業界人も多数いました。仕事柄、顔が広く、セレブが集まるパーティにもしょっちゅう顔を出していたドン・ファン。そんな中で知り合ったのが、元フィギュアスケート選手のEさんでした。食事会を開いては若い女性を集め、あわよくばドン・ファンのお気に入りが見つかればラッキー。他にもモデル、歌手、タレントたちが集まり、ドン・ファンがひいきにしていた東京の六本木にあるリッツ・カールトンのVIPルームで密会は繰り広げられていました。そこから、ドン・ファン得意の札束攻撃が実を結び、パパ活に応じてくれる女性もいたとか……。もちろん、そうなるとEさんは一切関係なく、そこからはあくまで自由恋愛です。こうした、さまざまな美女紹介システムが、ドン・ファンの華やかなセックスライフを支えていたのです。

米倉涼子さんと真矢ミキさんに「食事会を！」

ミーハーなドン・ファンは、テレビにきれいな女性が映ると目を爛々《らんらん》と輝かせます。身長が高くてグラマラスな女性を見ると、いてもたってもいられません。米倉涼子さんや藤原紀香さんがテレビに映ると、いつもこう言いました。

「おおっ！　おおっ！　僕はこの女性が大好きです！　なんとかお近づきになれませんか。スポンサーになると言って、事務所に電話をかけて食事会のアポを取ってください！」

人気絶頂期の米倉さんや藤原さんが、紀州のドン・ファンとパパ活なんてしてくれるわけがありません。でも最初から無理だとあきらめないのが、あの人のぶっ飛んだところです。人づてに紹介してもらえさえすれば、セックスへの突破口は開かれると本気で信じている。それが稀代の好色家ドン・ファンなのです。

宝塚歌劇団出身の真矢ミキさんも、完全にドン・ファン好みの女性でした。TBSの朝のワイドショーで彼女が司会をやっていたとき、番組を見るたび「なんて美しい人なんだ。好きだ、好きだ、好きだ!! 結婚したい! 結婚したい!」と朝っぱらから大騒ぎで連呼していたものです。

自伝『紀州のドン・ファン』がベストセラーになったとき、「僕の話を映画にしましょう」と言い出したこともあります。別れた元奥さん役は真矢ミキさん、ドン・ファン役は「釣りバカ日誌」の西田敏行さんにすると、キャスティングまで勝手に決めていました。

この計画は夢物語に終わったものの、もしまかり間違って実現していれば、ドン・ファンは間違いなく真矢ミキさんと食事会のアポを取り、プレゼントを贈ってモーレツにアタックしまくったことでしょう。

女医・西川史子さんの結婚式と川島なお美さん

2010年2月、『サンデー・ジャポン』などのテレビ番組で活躍していた女医の西川史子さんが、結婚披露宴を開催しました。ホテルオークラでのパーティには爆笑問題をはじめ、サンジャポファミリーの有名人や、タレントの中山秀征さん、眞鍋かをりさん、高島彩アナウンサーや川島なお美さんなど、多くの芸能人が参加しました。元プロ野球選手の桑田真澄さんが仲人です。

ものすごい数の招待客が集まるパーティに、どういうわけかドン・ファンもお呼ばれしました。ドン・ファン曰く西川さんの結婚相手の男性と、面識があったようです。

この日は私の都合が悪かったので、ドン・ファンのアテンドは娘に任せました。娘から聞いた話では、有名人だらけで興奮したドン・ファンは、いつものように、そこらじゅうの女性をナンパしまくっていたそうです。

「ヘイ！　カノジョ！　僕と付き合いませんか！」

「カノジョ、美人ですね！　僕と結婚しましょう！」

美女を見つけるなり声をかけ、自分の連絡先が書かれた名刺を、政治家の選挙運動のように配りまくっていたといいます。

その中でも、ドン・ファンが一目見るなり、ロックオンしたのが故・川島なお美さんでした。抜群の美貌とスタイルのうえ、背中がパックリ開いたセクシーなドレスを着ていた川島さんは、会場でもひときわ目立っていたそうです。

「ヘイ、カノジョ!!」

「スーパー美人ですね！　ビューティフォー！　アイラブユー！」

「ちょっと、カノジョーっ！　僕と結婚してください!!」

当然ながら、必死の声かけも虚しく、ドン・ファンは玉砕してしまいました。

しかし、これしきのことでめげるドン・ファンではありません。披露宴中に芸能人がスピーチをしていても関係なしに、きれいな女性をナンパしに歩き回り、席になかなか着かなかったそうです。
しかも、とどめには披露宴のフィナーレに、閉まりかかった幕の中にドン・ファンが乱入。なぜか、西川さんと新郎、ドン・ファンの3人で挨拶するという前代未聞の展開に西川さんの顔が凍りついていたそうです。娘もドン・ファンを止めるのが大変だったうえ、一緒に来ていると思われるのも恥ずかしく、生きている心地がしなかったと話しておりました。『サンジャポ』出演中、「紀州のドン・ファン」のニュースを取り上げても、終始、ダンマリを決め込んでいた西川さん。大事な結婚披露宴をこれほど荒らされたのですから、その気持ちはおおいに理解できます。

ただ、こういうときのドン・ファンには、まったく悪気がありません。お金さえあげれば、周囲は何でも自分の言うことを聞いてくれる。札束の数がすべての物事を決める。そう信じていました。西川史子さんの結婚披露宴もまた、ドン・ファンにとっては女性ハンティングの貴重な戦場だったのです。

誕生日パーティに
パパ活女子が全員集合！

目立ちたがり屋のドン・ファンは、とにかくパーティが大好きです。なかでも毎年、気合を入れていたのは、自分の誕生日パーティでした。開催日が決まると、〈野崎幸助誕生日会、決定〉と、地元の新聞に宣伝広告を打つのが恒例行事。町の人たちも「また出してるよ……」と面白がっていたものです。誕生日パーティが近づくと、家政婦の私もやることが山積みです。

「木下さん、今年は300人集めてくださいね」

ドン・ファンからの指令に従い、招待客を手配します。まず、懇意にしている大物セレブのスケジュールを押さえることは必須。そして、歴代パパ活女子に、片っ端から連絡します。

「今度、社長の誕生日パーティがあるんだけど、和歌山まで来られるかしら。高級フルコースが出ますからね。航空券2人分送るので、お友達も誘って、ぜひ来てくださいね」

現在、関係している女性のみならず、過去にドン・ファンとパパ活をしていた女性にも声をかけます。それゆえ当日は、大広間の円卓に歴代パパ活女子が全員集合！そんな珍妙な光景になってしまうのです。誕生日パーティにはお小遣いは発生しないものの、タダで和歌山イチのビーチリゾート・南紀白浜に行けて、高級料理が味わえるとあって、20代のパパ活女子たちは、観光がてら、皆こぞって参加してくれました。

さらには、銀座のクラブのママ、交際クラブの業者から、政治家まで、多種多様な人々が、一堂に会します。東京と和歌山の南紀白浜を結ぶフライトは本数が少ないため、毎年、誕生日パーティの日は、ＪＡＬがドン・ファン御一行様の貸し切り状態となりました。

ボッテガ・ヴェネタのボストンバッグ

ドン・ファンが東京に出張するときには、六本木にあるリッツ・カールトンを定宿にしていました。VIPしか入れないエグゼクティブ・ルームを使えるのが、リッツ・カールトンのヘビーユーザーの大きなメリットです。そこに女の子を大勢集め、シャンパンをポンポン開けてドンチャン騒ぎをするのがならわしでした。気に入ったコがいれば、その場でパパ活契約を結んで部屋にお持ち帰りしてしまうのです。

東京に出張するとき、ドン・ファンはいつもボッテガ・ヴェネタのボストンバッグを持っていきました。本革の編み込みデザインで、いかにもお金持ちが好みそうな、真っ黒なバッグです。

1000万円まで入っていたかどうかは分かりませんが、そのバッグには数百万円は確実に入っていました。そこから現金を取り出して、女の子にポンポンポンポン気前良くお金をあげるのです。意中の女性を口説くときには、とりあえず20〜30万円をポーンとあげちゃいますし、パーティに来てくれた女性が帰るときには、ちゃんと一人ずつお車代を現金で渡していました。

ドン・ファンは昔から現金派です。ティッシュ配りのアルバイトをやってくれる学生の女の子がいると、「一緒にご飯を食べに行きましょう」と誘って連れ出す。時給800円か900円のアルバイトをやっている学生に「お小遣いあげるから、今日これから付き合ってくれませんか」と誘えば、ある一定の歩留まりでセックスにたどり着くことができます。

ドン・ファンが女の子を口説くときは、まったく饒舌ではありません。病的なほどに積極的ではあるのですが、おそろしく口下手なのです。だから口説きたい女の子がいるときは、実体として誰の目にも見える、現ナマが必要でした。あるいは、「洋服を買ってあげましょう」「新しい靴を買いに行きませんか」とモノで釣るのです。

ドン・ファンは背が低く、ハンサムでもありません。高齢のおじいちゃんです。でもお金の魔力は、おじいちゃんと女子学生のジェネレーション・ギャップを、いとも簡単に埋めます。

田舎から東京に出てきている女子大生の多くは、お金がありません。親元から離れて都会で一人暮らしするのは大変ですし、洋服代なんてなかなか捻出できないものです。ボストンバッグからポンポンとお金を出す大人がいれば、一度くらい、お股を開いたってかまわない。経済的に苦しい生活を送る女性の心理を逆手に取って、ドン・ファンは次々と女の子をハンティングしていきました。

引き出しから見つかった大人のオモチャ

交際クラブで知り合ったパパ活女子は、東京で会うだけでなく、和歌山の自宅まで呼ばれることもありました。1回10万円の報酬とは別に、交通費を支給してわざわざ来てもらうのです。

ドン・ファンの自宅は、入れ代わり立ち代わり、若い女性が出入りする「セックスの館」そのものでした。

ドン・ファンは新聞配達員なみに朝が早い人です。早朝3時には起きて、自分が設置した自動販売機を回って、売上金を回収します。まだ日の出前の薄暗い中、自販機の前で100円玉や500円玉を数えながら「へーッヘッヘッ」「ウヒョヒョヒョヒョ」と不気味に笑うのです。愛犬イブちゃんの散歩がてら、私もよく自販機回りにお付き合いしました。

帰ってくると、焼いたパンと卵を朝食に摂ります。病院で「肉をたくさん食べたほうがいいですよ」と言われたのを機に、お昼ご飯は毎日のようにしゃぶしゃぶを食べていました。上質な牛肉を売っている肉屋さんが近くにあり、そこで買ってきた肉のしゃぶしゃぶが大好物だったのです。一度、時間がなかったのもあり、近くのスーパーで牛肉を買い、しれっと食卓に出したところ、ものすごい剣幕で「こんな肉が食えるか！」と激怒されたことがありました。それからは、必ず上質な肉を取り扱うお肉屋さんに足を運ぶようにしていました。

早朝から働き始めるドン・ファンは、昼過ぎには仕事を終えます。そこからは女の子とのお楽しみの時間なのです。

ドン・ファンの部屋は2階にあり、1階とは別に2階専用のお風呂もあります。だから、たとえ1階に私がいようが、ドン・ファンは女の子と一緒にお風呂に入ったり、情事を営むことができました。でも階下に家政婦がいるとなると、ドン・ファンも女の子も気疲れしてしまいます。

毎日、午後3時を過ぎるとセックスが始まるため、私はいつも午後3時を過ぎたら近くにある実家に帰っていました。午後3時から7時までの4時間は、女の子と延々、ウフンアハンするのが日課なのです。

昨日は東京の女子大生が泊まりがけでパパ活をしに来ていたのに、今日は大阪から別の女の子がやって来る。さまざまなボディを日替わりで楽しめるセックスライフは、ドン・ファンにとって願ったりかなったりでした。

4時間にわたるウフンアハンが終わった夜7時頃、私は再びドン・ファンの自宅へ戻ります。ドン・ファンの夕飯は、田辺市では有名な「銀ちろ」というお店の天ぷらをはじめ、おいしい和食を外で食べるのが定番です。外食したり、お寿司の出前を取ったりしながら、3回戦終わりの時間を彼女と2人で楽しく過ごしていました。

あるとき、部屋の掃除をしていたら、ブイーンウイーンとおかしな振動音がいろいろ聞こえてきたことがあります。何の音だろうと引き出しを開けてみると、そこには大人のオモチャがゴロゴロ入っていました。セックス終わりのドン・ファンがインターバルで休んでいるとき、そのマシーンを使用して、間をつないでいたのでしょうか。男根の形をした電動マシーンなんて初めて見たので、あのときは本当に驚きました。

本妻と不倫相手が鉢合わせした瞬間

ドン・ファンが2番目の奥さんと結婚していた時代、自宅で奥さんとパパ活女子が鉢合わせしてしまったことがあります。あのときは修羅場でした。

東京に出張しているとき、六本木にある定宿のリッツ・カールトンで奥さんとパパ活女子がバッティングしたことはありませんが、仕事で東京に出かけていることになっていますし、奥さんはその間は旅行に出かけたり、買い物をしたり、好きなことをやっていたのです。

和歌山の自宅に女の子を呼ぶときは、奥さんが泊まりがけで旅行に出かけているときなど、留守を見計らって計画を立てました。もちろん、奥さんが帰ってきてからバレないよう、入念に掃除して、情事の痕跡を消し去ります。

ところがどういうわけか、連絡の行き違いで、不倫の現場が奥さんに見つかってしまったのです。普通はそういうとき、パパ活をしに来た女の子は慌てて逃げ出すものでしょう。夫は土下座でも何でもして、奥さんの怒りを鎮めるものです。

それなのにドン・ファンは、奥さんに謝るわけでもなく、なんと不倫相手を追いかけて走っていきました。

「おーい！　××ちゃ〜ん、待ってくれーっ!!」

置いてけぼりにされた奥さんは、さすがに茫然自失といった様子でした。後日、デパートの宝石店のスタッフがアタッシェケースを持って外商をしに来ていたので、奥さんに不倫の罰金として、プレゼントしていたのかもしれません。

なんにせよ、本妻ではなく不倫相手を追っかけるくらいの人ですから、のちに離婚に至ったのは必然的な結果でした。それなのに離婚後も奥さんのことが忘れられずに、「木下さん、彼女の自宅まで行ってきてほしい。どんな暮らしをしているか写真も撮ってきてくれ」とせがまれ、ストーカーまがいなことまでさせられました。

元奥様とは仲良くさせてもらっていたので、新たな人生の邪魔はしたくないと思い、ドン・ファンには「申し訳ないのですが、あいにく見つけられませんでした」と嘘を言いました。

元奥様は真矢ミキさん似の長身の美女で、とてもよくできた方。同じ女として、私はとても尊敬していました。ある意味、家族のように、長年、一緒に食事をし、相談し合い、何度2人の間に入って仲裁したか、数えるのも恐ろしいほどです。離婚されてショックだったのは私のほうだったと言っても過言ではありません。今はどこかで、素敵な方と一緒に、幸せな家庭を築いていらっしゃることを心から願っております。

「アイ・ウォント・ユー、アイ・ニード・ユー、アイ・ラヴ・ユー」

セックスの館に出入りする女の子に向けて、ドン・ファンは情熱的なまでのアフターケアに努めていました。

「アイ・ウォント・ユー、アイ・ニード・ユー、アイ・ラヴ・ユー（I want you, I need you, I love you)」

エルヴィス・プレスリーの往年のヒット曲によって、多くの日本人が知るようになった英語です。中学生でなければ言えないようなこの恥ずかしいセリフを、ドン・ファンは平気で言えてしまいます。「アイ・ラブ・ユー」は「おはようございます」「こんにちは」と同じくらい自然な挨拶でした。

ドン・ファンはいつも、女の子に送るメールの文面を、口頭で読み上げます。それを、私がかわりにスマホに打ちこんで、メールでバンバン送るのです。

「あなたの肌は、まるで絹のようです。素晴らしい。あなたのような女性には、今まで出会ったことがありません」

「まるでシルクが滑るような、あの感覚が忘れられません。ああ、あなたに会いたい。今すぐ会いたい」

「あなたが大好きだ。好きで、好きでたまらない」

「あなたのことが愛おしいです」

そんな臭い言葉が書かれたメールを、ものすごい頻度で送るのです。メールを打つだけでなく、ボイスメッセージでもかなりの頻度で、愛の叫びを吹き込んでいました。思ったことをきちんと口にしない人が多い中で、セックスと女性にかけるドン・ファンの情熱はダントツです。

「オー・ソレ・ミオ」（※ナポリ語で「私の太陽」という意味）という歌は、情熱的で開放的なイタリア人の気質をよくあらわしています。イタリア人も顔負けの性豪ドン・ファンは、朝から晩まで「オー・ソレ・ミオ」を熱唱するかのような迫力で、女の子の肉体を飽くことなく追求していきました。

ドン・ファンのインプラントと整形

いつまでも若々しい外見を維持するため、ドン・ファンは数千万円ものお金を自分の肉体に投資していました。「芸能人は歯が命」というコマーシャルが昔ありましたが、あれに触発されたのか、ドン・ファンは早くから歯を全部インプラントに替えています。

インプラントは、1本30万円はかかりますから、上から下まで総インプラントとなると、高級外車を買えるくらいのすごい出費です。歯をきれいにするために、ドン・ファンは東京の有名歯科医に通って治療していました。

もともとある歯を全部引っこ抜き、アゴの骨に人工的に作った歯根を埋め込むわけですから、手術は容易ではありません。交通事故で顔面を大ケガした患者を口腔外科が治すような、かなり大規模な施術です。

インプラントの処置をしてもらって和歌山に戻ると、うがい薬のような赤茶色のイソジンの薬で1日に何度も口をゆすいでいました。すると洗面台が、イソジンと歯ぐきから流れる血液で、真っ赤になってしまうのです。真っ赤な洗面台を初めて掃除したときは、「何がここで起こったの？　え？　血？」と戸惑いを隠せませんでした。ここまでして歯をきれいにしなければいけないのかと、衝撃を受けたものです。

ドン・ファンがいじっていたのは歯だけではありません。美容整形に対しても、そこらへんの女性よりも美意識が高かったことは間違いないでしょう。晩年の写真を見ると分かるとおり、ドン・ファンの顔はいささか不自然です。肌が年齢不相応にテラテラし、ダランと垂れ下がってくるはずの表情筋や目元など、あちこち持ち上げているように見えます。

東京に出張すると、ドン・ファンはよく整形手術を受けていました。抜糸する前に和歌山に帰ってくるので、朝起きると顔が血だらけになっているのです。和歌山と東京を忙しく行き来しながら、当時の2番目の奥さんにも隠すことなく、あからさまに整形を繰り返していました。

ただ、私が「社長、整形してきたの?」と訊くと、「ううん、してない」「僕は何もしてないよ」と、いつも否定していましたが……。

これはあくまでも推測ですが、ドン・ファンは陰部まで整形していた可能性があります。あるときドン・ファンがビールを大飲みして泥酔し、浴衣の前面がはだけて、下半身が全部見えてしまったことがありました。

初めて目にするドン・ファンのイチモツが、なんと隆々として立派だったことか！とても70代のそれとは思えません。平常時でもあれだけのサイズなのですから、いきり立ったときは、どれほどの巨根に化けることか。どう考えても、整形外科でイチモツにまで手を加えたとしか思えません。

女性にモテるためにできることは、何だってやる。性と美の追求にかける執念は、すさまじいものがありました。

エルメスのスーツとピンクのビキニパンツ

紀州のドン・ファンと聞くと、ワイドショーでよく取り上げられたラクダシャツ(おじいちゃんがよく着る茶色の肌着)と、もも引きを連想するかもしれません。あのときは寝起き姿を不用意に撮られてしまったわけですが、普段のドン・ファンはエルメスのスーツにネクタイでビシッとキメていました。

服装については、私の娘にもよくこう言って教えてくれたものです。

「僕はね、このスーツが高いとは思わないんだよ。きちんと仕立てられたスーツに腕を通すとね、身が引き締まるんだよ」

人と会うときにビシッとキマった服装で臨むのは、ドン・ファンのモットーでした。

スーツを脱いだときに女性に見せる姿にも、独特の美学があったようです。女の子とセックスするとき、ドン・ファンは競泳選手が履くようなビキニで股間をモッコリ強調していました。しかもネオンピンクなど、下着の色がとんでもなく派手なのです。

あるときはハイレグのビキニや、Tバックに近いような異常なパンツを履いていました。洗濯は家政婦である私の仕事ですから、嫌でもドン・ファンの下着が目に入ってしまいます。最初は「こんな小さな下着、どの女の子が忘れていったのかしら?」と不思議に思っていました。

「よ〜く考えよ〜お金は大事だよ〜」

ドン・ファンは3回結婚していますが、子どもは一人もいません。子どもがほしいという願望は、ドン・ファンからも3人の奥さんからも、直接は一度も聞いたことがありませんでした。

パパ活にやってくるコはお金目当てですから、ドン・ファンの子どもができたら困ります（そのときはそのときで、養育費なり慰謝料をたんまりおねだりするのかもしれませんが）。コンドームをつけるなり、女の子にピルを飲んでもらってきちんと避妊していたのでしょう。

ドン・ファンは不特定多数の女性と毎日セックスしまくっているわけです。妊娠する可能性は当然ありますし、性病に感染するリスクだってあります。

私との雑談の中で「社長にこうやって袋（コンドーム）をつけてあげた」としゃべ

る女性もいました。

もしかするとドン・ファンは、子どもができない無精子症だったのかもしれません。あるいは誰とでも、いくらでもセックスできるように、パイプカットの手術を受けていた可能性もあります。

いずれにせよ、急死してからも「私はドン・ファンの隠し子だ」と自称する人は一人も現れませんでした。隠し子であれば、父親の遺産を相続する権限があります。これだけ大事件になりながらそういう人が出てこないのですから、ドン・ファンには一人も子どもがいないのでしょう。

セックスの館で毎日2回も3回もセックスに明け暮れながら、ドン・ファンのDNAを受け継ぐ息子や娘は、とうとう一人も生まれませんでした。どの女の子も1回10万円、20万円、30万円といったお金が目的で会いに来ているだけです。「この人と一生を添い遂げたい」と本気でドン・ファンを愛する女性は、ただの一人もいませんでした。

金、金、金。女の子たちをセックスに突き動かすすべてのエネルギーは、1万円札だったのです。

生前、ドン・ファンは「よ〜く考えよ〜　お金は大事だよ〜」というアフラックのコマーシャルが大好きでした。よくこの歌を口ずさみながら、「木下さんね、お金ってのは本当に大事なんですよ」という口癖を繰り返したものです。

ドン・ファンの総資産は50億円、亡くなったときに残った遺産は総額13億5000万円と言われます。事業に失敗して手持ちのキャッシュがなくなれば、セックスの館に足を運んでくれる女性は一人もいなくなる。そのことを何よりも恐れていたドン・ファンの心に「よ〜く考えよ〜　お金は大事だよ〜」というコマーシャルソングは、何よりも切実に突き刺さったのでしょう。

第3章
美人アスリート、北欧モデルとの「愛なきSEX」

9頭身の美人アスリート

「チケットを準備しました。みんなで応援に行きますよ！」

ある日、紀州のドン・ファンからそう告げられました。またお得意の招集命令。ドン・ファンファミリーは有無を言わせず強制的に連れて行かれます。

ドン・ファンはものすごい枚数のチケットを買い占め、会社のスタッフや友人知人を大量動員しました。この日のイベントの主人公を応援するためです。そう、この美人アスリート・タカコちゃんこそ、ドン・ファンが入れ込んでいる意中の彼女だったのです。

前方のSS席チケットは、1枚1万円から3万円もします。私の記憶では、ドン・ファンは、100枚はチケットを買い上げたのではないでしょうか。しめて100万円から300万円の出費です。

競技にちょっとでも興味を持っている人がいれば、「僕のカノジョを応援してあげてくださいね」と声をかけてサポートします。ただチケットを買い上げるだけでなく、「自分がカノジョのメインスポンサーを務めてもいい」というほどの意気込みでした。彼女のためにできることは、自分の財力を使って何でもやってあげようという情熱がほとばしっていたのです。

私が初めて会った当時、タカコちゃんの年齢は20代半ばでした。身長は180センチ近く、日本人女性としては並外れたスタイルです。しかも、顔が異常なまでに小さい彼女は「9頭身モデル」と呼ばれていました。アスリートとして活動するのみならず、その美貌を生かしてモデル活動もおこなっていたのです。

ドン・ファンに率いられた私たちは、大応援団として会場で声を張り上げなければなりませんでした。

「タカコちゃーん！　ワーッ！　頑張ってー！」

「いけー！」

「負けるなー！」

ルールもろくに分からないまま、ギャーギャーひたすら大騒ぎしました。野球やサッカー、相撲にせよ、応援があるかないかで場内の雰囲気は大きく変わるものです。ドン・ファン応援団は、会場全体の空気を支配せんばかりの勢いで声を張り上げました。

シックスパックの筋肉美

タカコちゃんとドン・ファンは、第2章で紹介した交際クラブの紹介人を通じて出会ったようです。

ごく一部のスター選手を除き、アスリートは総じてお金を稼ぐのが大変です。スポーツジムの使用料、コーチやトレーナーに支払う月謝、道具やユニフォームにかかる費用、遠征のときのホテル代や飛行機代など、経費は湯水のように出ていく一方です。

無名のアスリートにはスポンサー企業なんてついてくれず、選手はアルバイトをしたり、親から経済的支援を受けながら競技に臨まなければなりません。

私が初めて会った当時のタカコちゃんも、そんな一人だったと思います。「9等身モデル」と一部でもてはやされてはいたものの、まだ知名度が全国区とまでは言えなかった彼女は、生活に困窮していたのです。そこで交際クラブに登録し、ドン・ファンと出会ってパパ活を始めたのでした。

あるとき社長の部屋に用事で入ったところ、タンクトップにショートパンツ姿の彼女がベッドで横になっていたことがあります。さすがプロアスリートです。お腹はバキバキのシックスパックに割れていて、上腕二頭筋が発達しています。背中の僧帽筋と広背筋も見事に鍛え上げられており、まるでヘラクレスの彫刻のような姿でした。

人並み外れた肉体の造形美は、惚れ惚れするほどカッコ良すぎます。あまりに美しすぎて、次の言葉が出ず「まあ……」とため息をついてしまうほどです。歴代パパ活女性の中でも、彼女は特に素晴らしいボディの持ち主でした。

「社長は見る目があるなあ。50歳近く歳が離れているのに、よくもまあこれだけの女性を自分の部屋に堂々と連れ込めるものだなあ」

そんなふうにあらためて感心してしまいました。

「さすがプロスポーツ選手だけに、夜はとびきり素晴らしい。チョウのように舞い、ハチのように刺す。普通のコとは、バネも瞬発力も根本的に違うんです」

「筋肉が締まっているだけじゃなくて、アソコの締まりもすごいんですよ！」

ドン・ファンはいつも、美人アスリートとの情事を、ひたすら絶賛していました。

1回10万円のパパ活

美人アスリートがドン・ファンとパパ活をしてセックスしていた時期は、半年から1年だったと思います。月に4～5回の逢瀬のたびに、10万円程度のお小遣いを渡し、和歌山県田辺市の自宅まで呼ぶときは交通費を別途支給していました。

ブランドもののバッグや指輪を買ってくれとか、物欲に駆られて買い物のおねだりをしたことはありません。エクササイズと同じようにセックスをこなし、効率良く短時間でお小遣いを稼ぐ。パパ活が終わったあとは、スパッと気持ちを切り替えて次のことを考えていたのだと思います。

同じ女性の目から見て、彼女の男のあしらい方はとても上手でした。

キレたときは別として、普段のドン・ファンは命令口調で威張り散らすことはありません。家政婦である私にも、丁寧な言葉で話しかけてくれます。

「今日はこのあと食事に行きたいんだけど、一緒に来てくれるかね」

そんなふうにドン・ファンが優しく低調子で話しかけると、美人アスリートは「無理っ」「それ、ちょっと行けないっ」「帰るっ」とワンフレーズでビシッと冷たく返すのです。しかも50歳近く年上のドン・ファンに対して、常にタメグチなのは驚きました。

受け答えをするときに、甘ったるい調子で語尾をのばしたり、アニメの声優みたいに甲高い声ですり寄るようなことは一切ありません。無駄な言葉を極力排して、1秒以内にワンフレーズで自分の意志を伝えるのが彼女の特徴でした。

セックスが終わったあとも、ピロートークをしながら第2ラウンド、第3ラウンドを盛り立てるタイプでもありません。セックスがあろうがなかろうが、ドン・ファンと積極的にコミュニケーションを取ろうとはしませんでした。愛情が全然ないセックスだったことは、ドン・ファンの目にも明らかだったと思います。「パパ活はただの仕事だ」と淡々と割り切っていたのでしょう。

嫌なことは躊躇《ちゅうちょ》せず、平気で「それ嫌だから」と断る。ドン・ファンにとっては、はっきりしてサバサバした性格は心地良かったのだと思います。なにしろドン・ファンのまわりには、ハイハイ言うことを聞くイエスマンばかりしかいませんでしたから。セックス以外の時間はひたすらツンケンしているタカコちゃんは、ドン・ファンがそれまで出会ったことがないタイプの女の子だったはずです。

「皆さん！　このコが僕のカノジョです！」

和歌山県白浜町の南紀白浜温泉に、ホテル川久《かわきゅう》というゴージャスなホテルがあります。ここに東京の大物セレブを招き、ドン・ファンが大パーティを開いたことがありました。

「皆さん！　このコが僕のカノジョです！」

上機嫌のドン・ファンがマイクを握って紹介すると、タカコちゃんは嫌がる素振りも見せずステージに上がり、写真撮影に応じていました。背が低くてチンチクリンのドン・ファンとは対照的に、タカコちゃんは見事なまでの長身です。

膝上20センチの超ミニドレスにハイヒールでキメた彼女は、和歌山の田舎では完全に別格の存在でした。大勢の知り合いを集めたパーティの場で、ドン・ファンはそんな彼女を自慢したくてたまらなかったのです。

食事会をスッポかしてスパに出かける美人アスリート

ドン・ファンはパーティや食事会が大好きです。ある日、みんなに自慢するために、ドン・ファンは食事会にタカコちゃんを呼ぶつもりでいました。ところが、約束の時間の直前になって「これからスパ予約してるから」と言うではありませんか。お小遣いをもらって東京からお呼ばれしているのに、ドン・ファンが納得するわけがありません。

「いやいや、今日はこれから食事会でしょ。スパはあとでセッティングすることにして、とりあえず食事に行きましょうね」

私はそうやってとりなそうとしたのですが、タカコちゃんは「もう予約しちゃってるから」と言って、何を言っても聞く耳を持たず。ドン・ファンに何と伝えていいやら、私も頭を抱えてしまいました。

この日は彼女以外にも、東京から大物セレブがゲストとしてお呼ばれしていました。食事会をスッポかし、1人でスパに行ってしまったことを聞いた大物セレブは、タカコちゃんがスパから悠然と帰ってくると、カンカンに怒り出したものです。

「あーたね。社長の恋人だったら、食事会くらいきちんと顔、出しなさい！　いくらなんでも常識がないわよ！　なんなのよ、あーた!!」

大物セレブがものすごい剣幕でブチキレているのに、タカコちゃんはまったく臆することなく、ドーンと構えていました。あのドン・ファンにタメグチをきくくらいですから、ほかの人から何を言われても気にもならなかったのでしょう。会食の席にいる私たちのほうが、そのピリピリとした空気に耐えきれず、逃げ出したいほどでした。

菜々緒さんを彷彿とさせるクールビューティ

タカコちゃんの立ち居振る舞いは、とにかく男っぽく、歯に衣着せぬところがありました。それに加えて、女優の菜々緒さんを彷彿とさせるような美しさがあり、女性から見ても憧れてしまうスタイルの良さで、見ているだけでドキドキしてしまいます。人にはまったく媚びず、サバサバしているところは、ドン・ファンの死を見届けた最後の妻・サエちゃんとも似ているところがあるのかもしれません。

パーティのときは、本人の抜群のスタイルを生かし、タイトなブラックのミニドレスを着こなします。お箸のようなヘアアクセで黒く長い髪をキュッとまとめ、まさに、ハリウッドでも通用するアジアンビューティ。ところが、パーティが終わると、ジーンズとTシャツにサッと着替え、オンとオフの切り替えがとても早い女性でもありました。

　ファッションモデルや芸能人といっても、いつも気合の入った洋服を着ているとは限りません。ブランドで身を包む人もいれば、「しまむら」でも十分カッコ良く着こなしている女性も多いものです。（ちなみに私はしまラーです。）

　パーティの席での彼女の普段とは違う姿に、ドン・ファンも大喜びでお小遣いをはずんだことは間違いないでしょう。彼女は自分の個性をとてもよく分かっていましたし、また彼女の夢、野望は、それまでドン・ファンが付き合ったどの女性よりも強く、彼女を応援してあげたいと思わせるものがありました。ドン・ファンにとって、アスリートとして逞《たくま》しく戦っている彼女の姿は眩《まぶ》しく、自分にない部分を満たしてくれていたに違いありません。

　その一方で、ドン・ファンの愛犬イブちゃんが彼女になつくことは、最後までありませんでした。お金のためだけにセックスをしているのであって、愛情なんてひとかけらもない。動物的な勘によって、そのことに気づいていたからでしょうか……。

「僕はこのコと結婚します」

タカコちゃんと会っていた当時、ドン・ファンは「僕はこのコと結婚します」「いつ結婚しましょうかね」と連発していました。もっとも、ドン・ファンは誰かれかまわず「結婚したい」と、後先を考えずにプロポーズする人ですから、特別珍しいことではありませんでしたが。

完璧な黄金率ボディを持ち合わせた、スレンダーな〝女版ターザン〟とでも申しましょうか。それに加えて、色白の抜群な美人。スポーツイベントとなると、2000人の観客から拍手喝采を浴びるわけです。ドン・ファンはミーハーですから、得意なスポーツを仕事にして、頑張っている彼女を高く評価し、なんとか応援してあげようと必死でした。よく蟹や伊勢海老などの高級食材を、彼女の実家に送らされたものです。今思えばその貢ぎ物だって、いちファンからの贈り物の一つに過ぎなかったと思います。実際、本人が受け取っていたのかも定かではありません。

「僕はタカコさんと結婚することに決めました。今度タカコさんの親御さんとも会うんですよ」

なんと、彼女が結婚を正式に了承したというのです。結局のところ、ドン・ファンは彼女のお父さんとお母さんには会わせてもらえませんでした。ドン・ファンの気を惹いてお小遣いをたくさんもらうために、ウソっぱちを口にしたのか、もしくは、ドン・ファンの本気のプロポーズに適当に相槌を打っていたため、ドン・ファンが勝手に勘違いをし、暴走していただけなのか、真相は分かりませんが。


それでもめげずにドン・ファンが彼女に猛アタックをしている最中、彼女のパパ活は、ある日突然ピリオドを告げます。彼女との連絡が途絶えたのです。ドン・ファンと初めて会った当時は、まだスポンサーもつかず無名でしたが、私たちが会場へ応援に行くようになってから、活躍が目覚ましくなり、大手企業がスポンサーにつくようになったのです。「美人アスリート」としてテレビ番組や雑誌で特集されるようにもなりました。

写真週刊誌でパパ活をスッパ抜かれるようでは、たまったものではありません。せっかくここまで努力して勝ち上がってきたのに、パパ活によってブランドイメージが下がっては台無しです。紀州のドン・ファンは、50歳近く年下の彼女にいきなり音信不通にされ、フラれてしまったのです。

美人アスリートの自宅をアポなしで訪問！

タカコちゃんからフラれてしまったからといって、やすやすと引き下がるドン・ファンではありません。

「なんとか連絡をつけてくれませんか!?」

「もう1回、あのコとプレイしたいんです！」

こう頼まれた私は、何度も彼女の電話を鳴らして、必死で間を取りもとうと努力しました。

「なんで、急に連絡が取れなくなっちゃったのかと、社長が心配してるわよ。無視したい気持ちも十分分かるけど、なんとか電話に出てあげてもらえないかしら？」

「いやー、忙しいのに社長の電話がしつこすぎて」

「せっかく仕事が順調なときに、社長からの電話が迷惑なことも十分理解するわ。でもね、私も毎日、タカコちゃんのこと催促されて困ってるのよ。最後に1回だけでも良いから、社長に会ってもらうことは難しいかしら？」

いつものサバサバした調子で取りつく島もなく、電話をブチッと切られてしまいました。プロアスリートとして売れたからには、パパ活の黒歴史を早く消してしまいたかったのでしょう。フラれたドン・ファンは「あのコには、ほかにもパトロンがいるのかもしれませんね」と疑っていたものです。

「あのコと結婚します」とまで豪語していた社長は、未練タラタラでした。

「毎日、何度でも電話してください。東京の家を突き止めて、僕に会いに来るように説得してください」

ドン・ファンから再三、頼まれた私は、タカコちゃんに会いにドン・ファンから預かった住所を握りしめ、彼女の自宅までアポなしで行ってみました。残念ながら、その日は本人が不在のようで、たまたま彼女の家のすぐ側に住んでいた私の知人のカメラマンと会うことに――。

すると、「そういえば、この間、あのアスリートのタカコちゃんを見かけてさ、子どもと一緒にいたよ。タカコちゃんのことは、以前、ドン・ファンの誕生日会で撮影したから忘れないよ。ご近所さんみたいでビックリしたよ」と言うではありませんか。

まさか、こんな偶然があるとは……。確かに、タカコちゃんは並外れたスタイルですし、街で歩いていたら目立つのは当たり前。間違えるほうが難しいことでしょう。

しかも、子どもと一緒!? 本人の子どもなのか、親戚や知人の子どもだったのかは分かりませんが、きっといろいろ事情があって、ドン・ファンに会っていたのでしょう。

もし、そんなことを報告すれば、独占欲が強く、嘘をつかれたことでプライドを傷つけられたドン・ファンは、自分のことは棚に置いて、間違いなく激怒するでしょう。せっかくアスリートとして活躍し始めたところなのに、ドン・ファンの怒りを買ったらかわいそうです。私は何も報告しませんでした。

「彼女の居場所を一生懸命探したんですけど、どうにも分からないんです。彼女はもう社長とは会わないつもりだと言っていますし、次の女性に気持ちを切り替えたらどうですか」

そう促すと、ドン・ファンは怒りをあらわにし、怒鳴り散らしました。

「うるさい！　アホー！　なんで女一人の行方が分からないんじゃー！　お前なんて役立たずや。もう来なくてええからな！　帰れ!!」

こういうとき、瞬間湯沸かし器のように激昂するのは、ドン・ファンのいつものことです。驚きもしません。

「はい、すみません」

こう答えつつも、心の中では、「はい帰ります！　ありがとうございます。これで野崎社長に会うことも二度とないですね」と、清々した気持ちになりました（とはいえ、その後もドン・ファンの家政婦として働き続けるのですが……）。とりあえずその場は引き下がると、そのうちドン・ファンの怒りは冷めます。美人アスリートに夫らしきパートナーと子どもがいるという噂があったことも、ドン・ファンは最後まで知ることはありませんでした。

かえすがえすも、あの9等身ボディはお見事でした。あんな美しい女性とお付き合いできたドン・ファンは、つくづく幸せ者だと思います。

自称「ロシア人とのハーフモデル」

ドン・ファンは金融業以外にも、お酒や梅干しの販売業などさまざまなビジネスを手がけていました。お酒やビールの卸先は、和歌山中に広がっています。1年に1回の周年記念パーティ、業者同士の交流会があると、私や娘にも招集がかかります。

常に高級志向のドン・ファンは、昔からホテルには強いこだわりがありました。パーティや交流会、仕事だろうが、プライベートだろうが、ドン・ファンは1部屋1万円以下のビジネスホテルになんて、絶対に泊まりません。絶景の広い部屋に、専用の露天風呂がついており、最低でも1泊5万円から20万円もするようなラグジュアリーなスイートルームや高級旅館に好んで泊まります。和歌山の田舎では、よほどの富裕層以外、とても手が出ない値段です。

ある日の交流会では、ドン・ファンと女の子は1部屋、それ以外に私と娘用に1部屋を予約してくれました。「とにかくいらっしゃいよ」と呼ばれて娘と一緒に出かけていくと、見たことのない新しい女の子がドン・ファンの隣にいます。

「このコが僕の彼女です」

ドン・ファンから紹介されると、彼女はこう挨拶しました。

「はじめまして。マリアです。私はロシア人と日本人のハーフで、仕事はモデルをやっています」

いかにも、〝私、業界人です〟といった風情《ふぜい》の大きいサングラスをはずし、微笑む彼女。年齢は21～22歳でしょうか。日本人離れしたホリの深い顔立ちで、絵に描いたようなきれいな色白のハーフ女性です。身長は、170センチ以上はあるでしょうか。髪型は、おヘソまである明るい茶髪のまっすぐなロングヘアーを、センター分けにしています。とても華奢《きゃしゃ》で、手足が細く長く、ミニスカートからは、スラリとまっすぐに伸びた脚がのぞいています。スリムなわりに、バストはEカップかFカップはありそうなパーフェクトボディで、芸能人でいうとダレノガレ明美さん似とでも言いましょうか。顔がものすごく小さく、すれ違う人たちが振り向く、いかにもドン・ファン好みの女性です。おそらく彼女も、交際クラブで紹介してもらったのでしょう。

あとから分かったことですが、彼女はロシア人ではなくノルウェー人と日本人の混血モデルだったようです（ドン・ファンにとっては、ロシア人だろうが北欧系だろうが、美人であればどっちでもいい情報ですが）。

露天風呂でウンチがプカプカ事件

「僕の彼女です」と言って紹介されたあと、私と娘、ドン・ファンとの4人で食事をしました。

ドン・ファンは、女性を口説くときには威勢がいいのですが、その後の会話はからっきしダメです。女性を楽しませるようなおしゃべりは、てんでできません。それゆえ、食事の際は家政婦の私が同席し、会話を盛り上げねばなりませんでした。

シーンと静まり返る中、黙ったままのドン・ファンが、私に視線を送ってきます。

これは、「僕の良いところを引き出してください」という合図です。

「えーっと、社長はね、裸一貫で本当に頑張ってきた人なんですよ。一代でビジネスを成功させて、こう見えても苦労もされて、本当にすごい方なんですよ」

「え、そうですか⁉　スゴイですか！　こういう男はどうですか？」

そこですかさず、私の褒め言葉に乗っかって、どうにかマリアちゃんに話しかけるドン・ファン。

「はぁ……」

マリアちゃんは、あからさまに興味のなさそうな返事です。

「……」

「マリアちゃんは、趣味とかないの？」

「えぇっと……、特にないです」

私が話しかけても、会話はすぐに終わってしまいます。

「そういえば、ハーフって言ってたけど、外国語は話せるの？　ロシア語とか英語とか？」

「いえ、話せません……。小さな頃から日本に住んでいます」

「そうですか……。あ……、えっと……」

こんな調子でビックリするほど会話が続かない。外国語が話せないのは仕方ないにしても、第一言語である日本語も無口すぎて、ドン・ファンと一緒にいると、話がまったく弾みません。間をとりもつために、私が一生懸命ひたすら話すというのは、これまで同様、お決まりのコースではありました。しかし、どうにか彼女の良さを引き出そうと思っても、なかなか会話は進みません。

そんな私の気持ちも知らず、ドン・ファンは一人でガンガン、ビールを飲み始めます。自分の取引先の旅館からのご招待にもかかわらず、自分の会社への発注を増やしてもらおうと、自社が卸しているお酒を必死で飲みまくり、ボトルを空けようとしているのです。売り上げをあげたいホステスのように、どんどん頼んで、まわりにお酒を注いでは、ボトルを空けていきます。見ず知らずの人たちにすら、ドン・ファン自ら、お酒を注ぎまくるという恐ろしい光景が、永遠に続くのです。この貪欲さには、いつも本当に参ってしまいます。

ようやく会もお開きになり、解散となると、後は別々の部屋に分かれます。隣の部屋では、恒例の終わりなき情事が、密室で繰り広げられるのです。

ところが明くる朝、大事件が起きます。なんとマリアちゃんが、「もう無理！」と叫んだかと思うと、「ワーンッ！」と泣きながら、部屋から飛び出してきました。

「えっ、マリアちゃんどうしたの？　ちょっと待って！」

驚いて慌てて追いかけたところ、彼女がこう言うではありませんか。

「お風呂の上にウンチが浮いてた。私には、これ以上無理！」

ドン・ファンの部屋に駆けつけたところ、彼女の言うように、露天風呂には大便が浮いています。また、部屋の露天風呂には仕切りがないため、畳の上にまで大便がポトポト落ちていました。脳梗塞を患ったあと、ドン・ファンはお尻が緩んで排泄がうまくできなくなっていたのです。

小さな赤ん坊をお風呂に入れていると、湯船の中でウンチをしてしまうことがあります。温かいお風呂の中は気持ちが良いので、心も体もリラックスするのでしょう。ドン・ファンも赤ちゃん返りしていたのかもしれません。

「あーあ、社長やっちゃったなあ」

さすがの私も絶句してしまいましたが、ドン・ファンの前ですから、苦笑しながらも、旅館の方に申し訳ないので、お風呂と室内の掃除をしました。忘れもしない、このウンチプカプカ事件が、マリアちゃんとの初対面の出来事だったのです。

ドン・ファンと二股をかけていた北欧モデル

ウンチプカプカ事件で泣き出して「もう無理！」と逃げ出しながらも、マリアちゃんはその後も、和歌山のドン・ファン宅へ何回も通っていました。苦い思いをしても、背に腹は代えられません。お金をもらうためだけに、彼女はドン・ファンのところへちょくちょくパパ活しに来ていたのです。

家政婦の仕事で和歌山に出勤するとき以外の私は、六本木の自宅に住んで、お店を経営しています。私は温泉やスーパー銭湯が大好きなので、あるとき六本木のロアビルにあった「磊の温泉　六本木ＶＩＶＩ」というスパへ息抜きに出かけました。今はなくなってしまいましたが、このスパの岩盤浴はとても気持ちが良いのです。汗をたくさんかいて、お腹も空いたので、スパの中にある食事処に入ろうとしたところ、ドン・ファンの彼女であるはずのマリアちゃんが、偶然そこにいるではありませんか。隣には彼氏らしき男性と2人で館内着をまとって、座敷で食事をしているのです。

「あっちゃー……、見つかっちゃったか……」とバツが悪そうな顔をしながら、マリアちゃんは私に釈明します。

「実はこの人、私の彼氏なんです。でも社長には言わないでくださいね。お願いします……」

前述のように、女性の独占欲が強いドン・ファンは、二股なんて絶対許しません。ドン・ファンとパパ活をしながら別の男ともデートしていたとなると、激怒するに決まっています。要らぬトラブルを招いても意味がありませんから、岩盤浴スパで彼女に出会ったことはドン・ファンには秘密にしました。

現金600万円と時価5400万円分の宝石箱が消えた！

2015年1月、報道もされるほどのとんでもない大事件が起きました。

「用事があって出かけるから、ちょっとウチで待っててね」

こう言ってドン・ファンが自宅を留守にしている隙に、マリアちゃんが忽然《こつぜん》と姿を消したのです。電話を鳴らしても、いつまでも圏外になっていて連絡がつきません。

その翌日、ドン・ファンは目覚めるなり、大騒ぎしています。

「ない！　ないんや！　金と宝石箱がないー!!」

なんと、現金600万円と、時価5400万円分の時計や宝石が入った宝石箱がなくなっているというではありませんか。ドン・ファンは頭から湯気が噴き上がるほど、すさまじく激怒していました。

「あいつが泥棒か！　最低の女や！」

「あのクソ女め！　バカな女や！　アホや！」

「地獄に堕ちやがれ！」

普段の丁寧口調とは打って変わって、ベランメエ口調で呪いの言葉を次々と吐きながら、ドン・ファンは迷うことなく110番通報しました。マリアちゃんがお金だけの付き合いなのは当然として、ドン・ファンのほうも、彼女に情なんてまったく感じていなかったのでしょう。もし「かわいいコだな」「このコとなら結婚してもいいかもしれん」と情を抱いていれば、いきなり警察に通報なんてしなかったかもしれません。

「さすが金貸しをやって莫大な利子を引き剥《は》がしてきただけあって、こういうときの社長はけっこう怖いな。冷酷な人だなあ」

ドン・ファンの本質を垣間見た私は、ブルブル震えてしまいました。

監視カメラに残っていたコソ泥モデルの姿

ドン・ファンの自宅には、38台もの監視カメラが張り巡らされています。現金と宝石を持ち逃げした窃盗犯である彼女の姿は、バッチリ映像に記録されていました。もはや言い逃れのしようはありません。

マリアちゃんとドン・ファンが付き合っていたのは1～2年、セックスの報酬は1回10万円だったと思います。だいたい月に1回、多いときは2週間に1回和歌山に来ていました。

ドン・ファンは金持ちなのに、ちょっと気に食わないことがあると、ケチな態度を取ってトラブルになることがあります。10万円のお小遣いを当日、手渡しするなり、事前に振り込んでおけばいいのに、その日、マリアちゃんには、「手持ちのお金がないから、今度にしてくださいね」と適当なことを言って、報酬の支払いをうやむやにしていました。

手持ちの金がないどころか、現金600万円は、現に、家の中にあったわけです。これだけではありません。ドン・ファンは日頃から、家中のあちこちに札束を置いています。全部合計すれば、何千万円になるか分かりません。万が一、キャッシュが底をついているときは、会社の金庫番を務めてくれている女性社員に「すまんが現金をいくらか補充しておいてくれるかな」と頼めばいいだけのことです。

「こっちは70代のジイさんとパパ活するために、わざわざ東京から和歌山まで足を運んでいるんだ。ウンチが漏れているのにも我慢して、セックスに付き合っているのに、もらえるはずの報酬をもらえないなんてふざけるな！　だったら、代わりに現物を持っていってやる」

そんな気持ちで頭が沸騰し、マリアちゃんはやけっぱちの行動に打って出てしまったのでしょう。

「あのアホが盗んだものは、いくらすると思ってんねん。1億円や！」

ドン・ファンはオーバーなことを言っていましたが、ギンギラギンの腕時計やダイヤモンドのカフリンクス（カフス）など、宝石箱に入っているお宝は両手に収まるくらいでした。私は、持っていった宝石はせいぜい数百万円分かと思っていましたが、報道によると5400万円相当のお宝だったようです。

東京のバーテンダーに貢ぐためにドン・ファン宅から泥棒

後日、私は和歌山田辺警察署から連絡を受け、東京から娘も連れて警察署に出かけ、ドン・ファンとマリアちゃんの関係性、窃盗に至るまでにどんな背景があったのかなど、事細かく知っている範囲で供述しました。50歳近い年の差の2人が付き合っていることを、刑事さんはとても不審がっていたものです。

「宝石箱にどんな時計や宝石が入っていたか、確かめてください。Aの時計とBの指輪、CとDとE……これらの中身は全部合っていますか」

ドン・ファンが「盗まれた」と訴える宝石のリストが正しいかどうか、記憶の照合を求められました。残念ながら、私も娘もドン・ファンの身につけている宝石のすべてを把握しているわけもなく、とにかく思い出せる限り、記憶を辿《たど》りながら答えていきました。

「この日のあなたの行動履歴を、思い出せる限り、詳しく教えてください」

「本当に彼女が盗んだもので間違いありませんか」

「彼女はどういう子でしたか。知っていることを、できるだけ詳しく教えてください」

長時間にわたって、あらゆる角度から質問を受けました。

和歌山田辺警察署の捜査員は、それから慎重に捜査を進めました。ドン・ファン宅から遁走《とんそう》したマリアちゃんは、南紀白浜空港から羽田空港行きの飛行機に飛び乗って、現金や宝石を持ち逃げしたそうです。

田辺警察署の捜査員は、彼女が暮らす東京までわざわざ出張して、捜査を進めていきました。どうやら彼女は、前述のバーテンダーの彼氏に貢ぐ目的で、金品を盗んだようです。バーテンダーに自分の店を持たせ、一国一城の主にしてあげることが、彼女の夢だったとか。ただ、罪を犯してしまっては、元も子もありません。

ラクダシャツにもも引き姿のエロオヤジ

窃盗事件から1年1カ月後の2016年2月、とうとうマリアちゃんが逮捕されました。この事件はワイドショーや週刊誌の興味を惹いたらしく、ものすごい大きさで報道されます。

20代前半だと思っていた彼女は、逮捕当時27歳とのことでした。27歳のモデルと74歳のドン・ファンがつきあっていて、47歳差の女の子が6000万円相当の金品を持ち逃げして捕まった。ワイドショーの格好のネタです。

ある朝、田辺市のドン・ファン宅にマスコミのテレビカメラや記者が押し寄せました。自分がマスコミの目に留まるなんて思いもしないドン・ファンは、ラクダシャツにもも引き姿という出で立ちでカメラの前に登場します。東京のテレビ局にはこれが大ウケしました。

「女の子は、僕のところにいくらでも寄ってきます！」

「あのコはたしかに僕のカノジョですよ！」

そんなふうに平然と言い放ち、ラクダシャツにもも引き姿のままマスコミのカメラの前でベラベラしゃべる。カメラを平気で自宅に招き入れる。家のあちこちには、古新聞やゴミクズと同じように1万円の札束がゴロゴロ転がり、壁にはルノワールやシャガールの絵が当たり前のように飾ってある。札束を見て驚くワイドショーのリポーターに、ドン・ファンは決定的な決めゼリフを吐きました。

「あなた、1億円なんて僕にとっては紙クズみたいなものですよ」

皮肉なことに、マリアちゃんの窃盗事件をきっかけに、「紀州のドン・ファン」は全国的にブレイクし、自叙伝はベストセラーになりました。自分の存在を世に知らしめてくれたのですから、ドン・ファンは草葉の陰で彼女に感謝しているかもしれません。

行方知れずとなった北欧モデル

思い返せば、社長と一緒に車に乗って、マリアちゃんが南紀白浜空港まで私と娘を迎えに来てくれたことがあります。あのとき、ドン・ファンの愛犬イブちゃんは、彼女の膝の上に座って、とてもなついていました。

「いやーん！　イブちゃんかわいい〜!!」

そう言いながら彼女がナデナデすると、尻尾をブンブン振るイブちゃん。小悪魔的な魅力に、ドン・ファン同様、イブちゃんも惑わされていたのかもしれません。

逮捕されたマリアちゃんは、盗んだ現金600万円を使い切ってしまったようです。幸い宝石類はあらかた取り返すことができました。民事訴訟を起こしたところで、盗んだ600万円を返金する能力は、もはや彼女にはなかったでしょう。

逮捕されて実名と顔写真を報道され、社会的制裁を十分受けたはずです。ドン・ファンはそれ以上、彼女を責め立てることなく、寛大な気持ちで許してあげることに決めました。情状酌量を求める書面を田辺警察署に提出した結果、彼女は起訴猶予処分で釈放されたようです。その後、彼女がどんな人生を送っているかは、皆目、見当がつきません。

第4章

中国人東大生、麻布のお嬢様との「蜜月と破局」

中国人東大生に一目惚れ

15年から20年ばかり前のことでしょうか。あの頃私は、ドン・ファンのサラ金ビジネスを宣伝するために、東京でティッシュ配りの仕事を手伝っていました。そのとき、ドン・ファンがどこかの週刊誌のグラビアを見て、大騒ぎし始めたのです。

「あっ、きれいなコだ！　僕はこの人と結婚します！　編集部に電話をかけて、すぐにこのコの連絡先を調べてください。急いで！　急いで！」

そう言って大興奮しているではありませんか。

週刊誌のグラビアには、中国から日本にやって来た留学生の女の子の写真が載っていました。名前はミオンちゃん、留学先は東京大学です。東大生の美女と聞いて、ブランドと肩書きに弱いドン・ファンはイチコロになってしまいました。

私はすぐに週刊誌の編集部に電話をかけて、女の子の連絡先を調べたものです。「個人情報だから教えられません」なんて言われたくらいで、引き下がるわけにはいきません。

「グラビアに出ている彼女に、ウチの会社から仕事を頼みたいんですよ」

とかナントカ食い下がり、連絡先を教えてもらって、ドン・ファンにつなぐことができました。

さすが週刊誌のグラビアに取り上げられるだけあって、実際に会ってみると、たいした美人です。身長は172センチくらいあったでしょうか。身長170センチ超えという体格は、完全にドン・ファン好みです。顔は「ひなげしの花」を歌っていた頃のアグネス・チャンさんに似ていました。

彼女は流行の服なんて身につけず、ミニスカートやショートパンツもはきません。服装は、トップスもボトムスも、なぜか全部が七分丈です。オリエンタルでアジアンな雰囲気を漂わせる、独特なファッションでした。花柄がいっぱい入っていたり、個性的な暖色カラーだったり、いったいどこで買ってきたのだろうと不思議に思う服ばかり着ています。異国情緒が漂うミステリアスなところも、ドン・ファンは気に入ったのでしょう。

中卒のドン・ファンと東大生のパパ活彼女

中学校しか卒業していないドン・ファンにとって、現役の東大生というブランドは高嶺の花でした。母国語の中国語は当然として、英語も日本語も使いこなすエリートのミオンちゃんと付き合っていることは、とても誇らしかったはずです。

逢瀬を重ねてセックスすると、ドン・ファンは1回10万円のお小遣いを渡していました。そうやって稼いだお金は、どうやら中国の実家に仕送りしていたようです。国費留学生であれば、必ずしも実家が裕福な家庭とは限りません。親思いの彼女は、少しでも故国の親御さんに恩返ししたいと思って、パパ活で稼いだお金をせっせと送金していたのでしょう（詳細は分かりませんが）。

ミオンちゃんと2人きりになったとき、こんな質問をしてみました。

「ねえ、社長以外に彼氏はいないの？」

「彼氏なんて、今まで一度もできたことありませんヨー。社長が初めての彼氏ですヨー」

「えーっ!?　あなたそんなに美人で背も高くて頭もいいのに、男からモテてるのに気づいてないだけじゃないの？」

才色兼備なうえに、あまりにもオールマイティにすべてが整いすぎているため、まわりの男は近寄りがたかったのかもしれません。プライベートな部分を根掘り葉掘り詮索したわけではありませんが、ときどき雑談をする限り、彼女には浮いた話が全然ありませんでした。

父親よりも年上のドン・ファンに体を預けてまで、なぜ1回10万円のお小遣いを稼ごうと思ったのか。真相はうかがい知れません。コンビニや喫茶店のバイトをセコセコやるよりも、効率良く現金を稼げると思ったのでしょうか。頭がキレて計算高い東大生だけに、功利主義的に割り切って「これはただのバイトだ」と納得していたのかもしれません。

アメックスのブラックカードを盗まれた！

今から15～20年前にパパ活がスタートしてから、ミオンちゃんはかなり長い期間ドン・ファンと付き合っていました。その彼女が、あるとき、とんでもない行動に打って出たのです。なんと彼女は、ドン・ファン名義のアメックスのブラックカードを持ち逃げしてしまいました。

アメックスのブラックカードといえば、上限なしで何百万円でも決済できるといわれています。いくらこのカードをゲットしたいと思っても、アメックスから招待されない限り、ブラックカードを入手することはできません。

最も敷居が低いグリーンカード、その次のゴールド・カード、さらにワンランク上のプラチナ・カードまでは、普通のサラリーマンでも入手できます。問題は、その先のブラックカード（センチュリオンカード）です。

プラチナ・カードをガンガン使っていると、ある日、何の予兆もなく「ブラックカードに乗り換えませんか」という連絡が来ます。「この人物は資金力があり、引き落としもまったく滞らない」と与信判断された上客は、向こうから「最高位のカードを使いませんか」とリクルートされるのです。

普通のクレジットカードは、1カ月に100万円とか200万円とか上限がありますから、そんなに大きな買い物はできません。しかし、ブラックカードであれば、バーキンのバッグだろうがベンツだろうが何でもカード決済で買えます。「戦車だろうが戦闘機だろうが買える」というウソのような都市伝説もあるくらいです。

ブラックカードの顧客には、24時間365日対応してくれるコンシェルジュがついており、入手困難な人気コンサートのチケット手配から、飛行機やホテルの予約手配までやってくれます。ドン・ファンはこのクレジットカードを使って、好き放題にお金を使いまくっていました。

初めて会った頃は「東大生」「長身の美女」という属性に大興奮していたものの、ドン・ファンはそのうち飽きてしまったようです。いつも優しくて、夜の営みも奉仕してくれるタイプではあるものの、彼女にはぶっ飛んだところがありません。常識とかけ離れた傾奇者《かぶきもの》であるドン・ファンにとっては、イマイチおもしろみが欠けていたのでしょう。

相手に興味を失うと、大金持ちなのに急にケチンボになるのがドン・ファンの欠点です。セックスをする前は「洋服を買ってあげよう」と気前良く約束したのに、コトが終わった翌朝には「えっ、そんなこと言ったかな?」とか「用事があるので、またこの次にしましょう」としらばっくれる。

「約束が違うじゃないか!」と頭に来た彼女は、ブラックカードを盗むという、やけっぱちの暴挙に出たのでしょう。ドン・ファンが知らないうちに、彼女はデパートに出かけて洋服だの靴だのいろいろ買い込んだようです。

ただ、あいにくブラックカードの素晴らしいところとも言えましょうが、あまりにも普段利用しないところで、多額の買い物をしてしまったため、カード会社から本人確認の電話が入り、カードがストップしてしまいました。頭の良い彼女もそこまでは知らず、すぐに足がつくこととなりました。

「もうあんなヤツは要らねえ！　お払い箱じゃ！」

ドン・ファンは瞬間湯沸かし器のように真っ赤な顔をして怒鳴りまくり、ミオンちゃんを夜のお供に呼ばなくなってしまいました。

「このぉ！　クソッタレ!!」

「あの女は最悪や！　ケダモノめ！　図々しい盗人め！」

「あんなやつは、もう二度と家に呼ぶな！」

ただし、約束を破った後ろめたさが多少はあったのでしょう。北欧モデル・マリアちゃんのときのように「泥棒された！」と大騒ぎして110番通報することはなく、この件は事件化せず穏便に済ませています。これまで何十回、何百回とセックスしてくれたのですし、カードを盗んで1回思いきり買い物するくらい、ドン・ファンにとっては誤差の範囲内なのです。

「私とケコンすればいいヨ〜」

ブラックカード泥棒事件によって、ミオンちゃんとドン・ファンの関係が完全に切れてしまったわけではありません。ドン・ファンが脳梗塞で倒れて、病院に入院してしまったことがあります。あのときミオンちゃんは、東京にある聖路加《せいろか》国際病院まで毎日のようにお見舞いに来ていました。

見た目だけでなく、彼女はしゃべり方もアグネス・チャンさんにちょっと似ているのです。アグネス・チャン風のアクセントのある日本語を使い、ドン・ファンのベッド横で、彼女は甲斐甲斐しく看病に努めました。

「シャチョ〜、ダイジョブ〜?」

「早く元気にナテネ〜。そして私とケコンすればいいヨ〜」

ドン・ファンはその時点で、すでに2回、離婚の経験がありました。3人目の婚約者はいなかったため、彼女が後釜に転がり込んでもいいと言うのです。

でもドン・ファンには、ミオンちゃんのほかにもパパ活女性はいくらでもいました。問題は、付き合いが長く続きすぎたことによって、彼女の年齢がけっこう上になってきたことです。

ドン・ファンの好みは20代の若い女性ですので、30代、40代に差しかかった女性は眼中にありません。いくら美人でも、30代以上の女性は「もういい」と突き放してしまうのです。

「私とケコンすればいいヨ〜」と言いつつも、彼女は自分の立ち位置をよく分かっていました。だからパパ活をしているほかの女性がいる場所にも、彼女は平気で顔を出したものです。

病院に頻繁にお見舞いに来たのは「いろんな女に色目を使っても、最後に戻ってくるのは私のところでしょ」という自信があったからかもしれません。でも、せっせとお見舞いに通った努力も虚しく、残念ながら彼女はドン・ファンから見限られてしまいました。

ドン・ファンに捨てられた中国人東大生

ドン・ファンがサエちゃんと3回目の結婚をしたとき、ミオンちゃんは人が変わったように取り乱していました。

「ナンデ!!　信じられないヨー!」

「木下さんとも、もう会いたくないヨー!」

「もう和歌山になんて絶対行かないからネー!」

すでに、リッツ・カールトンや雅叙園で開かれるドン・ファンのパーティには呼ばれない、薄い関係ではあったものの、10年以上ドン・ファンとパパ活をしてきた彼女は、結婚する気満々でした。最後は自分が選ばれるはずだと確信していただけに、21歳のサエちゃんに先を越されたのがとんでもなくショックだったのです。

「ナンデダヨー!! アタシだったら社長の面倒、最後まで見れるヨー！ ウンチの掃除だって何だってできるヨー！」

女の子との痴話ゲンカをとりなすのは、いつも私の仕事です。

「そうよね。あのとき聖路加病院まで、毎日お見舞いに来てくれたもんね。社長を支えてあげられるのは、あなたしかいないわよ」

「またきっとチャンスがあるから。あなたみたいに頭が良くてきれいで、しかも、優しい女の子はそうどこにもいないもの」

怒るミオンちゃんを、そうやって必死でなだめました。

サエちゃんと結婚してから、彼女はもうドン・ファンとは会っていないと思います。

語学と知性を生かし、バリバリ仕事をして稼ぎ、きっと今は幸せに暮らしているのでしょう。愛犬イブちゃんのことも、いつもかわいがってくれて、相性が良い様子でした。サエちゃんではなく、ミオンちゃんと結婚していれば、ドン・ファンの余生はだいぶ違ったものになっていたと思います。

20代半ばの麻布のお嬢様

「このコは僕のカノジョです。道でナンパしました」

あるときそう言って、ドン・ファンが24～25歳の若い女の子、ヒトミちゃんを連れてきました。麻布で暮らす典型的な港区女子です。どこかの企業で受付の仕事をしていると言っていました。港区の大企業で働く美人秘書風、あるいは朝のお天気キャスター系のビジュアルです。

ドン・ファンは私に女の子を紹介するとき、よく「道でナンパしました」と言います。しかし、私が知る限り、ナンパが成功したためしはありません。70代のおじいちゃんから「ヘイ！　カノジョ！」といきなり話しかけられても、気味悪がられるだけです。

おそらく麻布のお嬢様・ヒトミちゃんも、交際クラブで知り合ったのでしょう。定職について毎日朝から晩まで働くよりは、1回10万円のパパ活で手っ取り早くお金を稼いだほうがいいと考えていたのだと思います。

身長は168センチくらいあり、女性としては、やはり高めでした。ちょっと茶色がかった色合いの前髪がおでこにかかっており、おしとやかで肌は真っ白です。

洋服は白系がすごくよく似合います。レストランやホテルの冷房がキツすぎるときには、バッグに忍ばせたカーディガンを取り出し、手は通さず肩の上からサッと羽織る。そういう所作が自然にできる女性でした。

しゃべり方はおおらかで返答もきっちりして、「そうですか」「へえ、すごいですね〜」と目上の人への敬語の使い方も上手です。

なかには、生意気にもタメグチを使い、社会常識がまったく欠けたパパ活女子もいます。ドン・ファンが付き合うにしては、珍しくちゃんとした子、普通のコミュニケーションができる子でした。

腹の中で「この金満エロジジイめ」とバカにしてドン・ファンを突き放すことなく、年長者への尊敬の念を忘れずに、うまく優しく付き合う。食事に行けば「すご〜い！おいしいですね！」と感想を言葉に出し、相手の目をきちんと見て話をする。するとドン・ファンは、次もおいしいご飯を食べに連れていってあげたくなるのです。

セレクトショップで洋服を買いあさる麻布のお嬢様

歴代のパパ活女子の中でも、ヒトミちゃんは特に、物欲が強くて驚きました。買い物中毒のケがあるのか、社長に会うといつも、こう言っていました。

「素敵なお洋服見つけたんです。取り置きしてもらっているんです。一緒に良いかどうか見に行ってもらえませんか？」

その可愛い顔で聞かれて「ノー」と言う男性はいるのでしょうか？「ねえ、ブランドものを買ってくださいヨ〜」と懇願するのではなく、うまくドン・ファンを誘導し、買い物にこぎつけていく。これはなかなかのテクニックです。

男性心理として、「買って、買って」とせがまれて、喜んで買いたい男性はいません。何気なく「こんな洋服着てみたいな〜、素敵だなぁ」と、かわいい彼女がつぶやけば、男性だって、プレゼントしたいなという心理になるものです。ヒトミちゃんはそこらへんを十分わきまえている女性でした。ある意味ずる賢く計算高く、「ほしい」と言わなくても手に入るように仕向ける、まさに心理戦に長《た》けている女性でした。もちろん、ドン・ファンの心を射止めるのもたやすいことだったでしょう。

ドン・ファンは1カ月に最低2回は、和歌山から東京へ出張します。1回につき1週間ずつ東京に滞在し、そのタイミングで、ありとあらゆる女性たちをホテルに呼んでいました。ヒトミちゃんもその一人です。

六本木で定宿にしていたリッツ・カールトンでの夕食は、鉄板焼きか天ぷらが定番でした。ホテルに呼ばれた女の子は、まずリッツ・カールトンのレストランでおいしい食事をいただきます。そこからすぐセックスに移行するケースが多いのですが、ヒトミちゃんはよく買い物に連れていってもらっていました。

彼女が指定するのはシャネルやエルメスといったハイブランド店ではなく、麻布十番にあるセレクトショップです。クラシックなブランドものの洋服をあれこれ置いている店で、洋服をワーッと選んでたくさん買ってもらっていました。

ヒトミちゃんが買ってもらっていたのは、いつも同じようなワンピースとカーディガンのセットです。白以外には黄色、ピンクといった明るいパステルカラーが多く、毎朝お天気キャスターができそうな服装でした。

その頃、社長はランバンに凝《こ》っており、当時、銀座の並木通りにあったランバンの旗艦店（現在は閉店）に私もよく同行したものです。

「どれがいいかな。彼女に買ってあげたいんだ」

そう言う社長と一緒に、ヒトミちゃんへのプレゼントを選んであげたことがありました。セックスの対価として支払う10万円のお小遣い以外に、彼女の場合は現物支給にもかなりの金額がかかっていたのです。

思い返してみれば、ドン・ファンの2人目の元奥様も物欲がとても強い人でした。この奥様と暮らしていたときには、和歌山の家に行くとエルメスの箱だらけだったものです。クローゼットの整理をするからと言って、私の娘にたくさんのお洋服を譲ってもらったこともありました。エルメス、グッチ、クリスチャン・ルブタン、エミリオ・プッチや高級ジュエリーを身につける奥様に比べれば、学生あがりの女の子の買い物なんて、ドン・ファンの財布にとってはかわいいものだったのでしょう。

果てしない物欲を満たすためのパパ活

ヒトミちゃんの見た目は本当に普通っぽく、洋服がほしくて頭の中がギラギラしているようにはとても見えません。なぜあんなにたくさんの洋服が必要なのか、買い物を横で見ている私には、パパ活の動機がまったく分かりませんでした。

パパ活によってお金を稼ぐことを、彼女はまるで苦とは思っていません。「親に隠れて売春めいたことをやっている」という罪悪感はないのでしょう。単に「ラクして稼げるからいいじゃん」というだけの感覚だったのだと思います。

彼女は常識的な会話はできたものの、話術が抜群にうまくてホステスとして活躍できるタイプでもありません。ホステスや風俗嬢は拘束時間が長いですが、パパ活であれば単価が高く、なおかつ自分で稼働時間を決めて自由に動けます。

おじいさんとのセックスは苦痛だとしても、コスパがいい小遣い稼ぎであることは間違いありません。私から見ると「えっ!?　この社長とセックスして平気なの?」という感じでも、本人は「これの何が悪いの?」という気軽な感覚だったのでしょう。彼女は人当たりがとても良く、ドス黒い闇を感じることはありません。借金を背負っているとか、妙な男に貢いでいるとか変な噂もなく、品のある素敵な女性でした。

かわいい洋服やかわいいモノに囲まれて生活したい。何十着であろうが、新しくきれいな洋服を買い足したい。ドン・ファンとの50歳差のパパ活に彼女を駆り立てていたのは、いくら買っても永遠に満足しない、果てしない物欲だったのかもしれません。

3分に1回スマホを鳴らす電話魔

いくらでも洋服を買ってあげただけのことはあり、ドン・ファンは麻布のお嬢様・

ヒトミちゃんにドハマりでした。ドン・ファンは稀代の電話魔で、下手をすると3分に1回の頻度でバンバン電話をかけてくるのです。社員はみんな口を揃えて「これじゃ鬱病になるよ……」と陰で嘆いていました。

熱を入れ込む女の子となると、電話魔の性癖がエスカレートします。ヒトミちゃんには毎日、何十回も電話をかけまくっていました。さすがに参った彼女が、途中で着信拒否にしてしまったこともあります。

「頼む。なんとか連絡を取ってください」

そう言われて、私が自分の携帯電話を使って、代わりに連絡を取ってあげたこともありました。

ヒトミちゃんのパパ活は、3～4年は続いたでしょうか。27～28歳の頃、彼女は結婚してしまいます。

「私、結婚することにしたんです。だからもう社長とは連絡は取れません。これ以上電話をかけてこられても困りますから」

ヒトミちゃんに会いたい、会いたいと未練がましいドン・ファンのために「1カ月に1回、数カ月に1回でもいいから社長と会ってくれない?」と頑張って頼んでみました。でも彼女の意志は変わりません。

いい人を見つけて結婚するのですから、いつまでもしつこく追いかけるのはかわいそうです。きっと条件の良い男性と巡り会い、物欲を満たす必要もなくなったのではないでしょうか。

その事実は伝えることもなく、

「社長、もうそっとしておいてあげましょう。社長のおかげで、彼女は楽しい数年間を過ごせたじゃありませんか。社長との思い出を、心の中にきれいにしまっておいてもらいましょうよ」

ドン・ファンを怒らせないようにうまく取りなし、ヒトミちゃんとの逢瀬はピリオドを告げました。

彼女と会えなくなってしまったことを、ドン・ファンはしきりに、口惜しく嘆いていたものです。

「あのコのボディは素晴らしいんですよ。締まりがイイんです。抜群なんです。ソフトなんですよ」

絶賛の嵐でホメたたえる麻布のお嬢様の体は、もう二度と抱けなくなってしまいました。

第5章

青学の女子大生、歌舞伎町のキャバ嬢とのトラブル

北川景子さん似の青山学院大学の女子大生

今から15～20年前まで、東京の街角では武富士やプロミスといった消費者金融のポケットティッシュを配っている人がよくいました。キャバクラに遊びに行くお金が足りない人、パチンコや競馬で負けが込んで困っている人——世の中には、今すぐ現金を必要としている人がたくさんいます。サラ金全盛期の宣伝手段として、ティッシュ配りはとても効果的でした。

金貸し業を手がけていた紀州のドン・ファンは、医師や公務員、サラリーマンといった手堅い顧客を相手に事業を成功させます。人がたくさん行き来する駅前でポケットティッシュを配りまくり、空中戦で顧客を獲得するのです。

青山学院大学に通う女子大生サワコちゃんも、ティッシュ配りのアルバイトを手伝ってくれる一人でした。彼女は北川景子さんによく似ていて、女優かモデルかと見紛うスレンダーな美女。当然、すぐさまドン・ファンの目は彼女に釘づけになりました。

「ヘイ、カノジョ！　あなたとっても美人ですね！　僕と付き合ってくれませんか？」

ドン・ファンはまったく臆することなく、ストレートに斬り込みます。

「僕と付き合ってくれたら、1回会うたびに10万円のお小遣いをお支払いします。そっちのほうが、ティッシュ配りのアルバイトよりよっぽど効率的でしょ？　そうしましょう。今から早速どうですか？」

青山学院大学といえば、偏差値が70近い超難関校です。キャンパスは南青山や表参道のすぐ近くにあり、地方から上京してくるおのぼりさんにとって「青学」のブランドはキラめいています。その青学の現役女子大生、しかも北川景子さん似の美人と付き合えるのですから、ドン・ファンは天にも昇るように興奮していました。

キラキラ女子を従えてパーティに参加

青山学院大学に通うサワコちゃんは、大阪出身です。東京に出てきてからも、しゃべり言葉は標準語ではなく大阪弁でした。ただし「なんでやねん！」「ちゃいまんがな！」系のコテコテな大阪弁ではありません。やかましいお笑いの雰囲気とは対照的な、上品な大阪弁です。ドン・ファンはガンガン前に出るタイプの女性が嫌いなため、常に一歩引いて男性を立てる彼女の優しい性格が、とても気に入っていました。

ギラギラした雰囲気はまったく無く、長い黒髪の毛先をゆるく巻いた、上品な見た目です。私服は黒が多く、女子アナのようなコンサバティブなワンピースをよく着ていました。モテ系ファッション雑誌からそのまま出てきたような、オシャレな女性です。足元はいつも、高さ5センチくらいの黒のシンプルなパンプスで、キャバ嬢のような高いピンヒールは履きません。学生ですから値段が高いブランドものの洋服なんて着ませんし、ドン・ファンに洋服をおねだりすることもありませんでした。

なにしろ見た目がきれいですし、パーティに連れていくと、いかにも社長秘書っぽく見えます。大勢が集まる場所にドン・ファンが女の子を連れていっても、暗黙の了解で、誰もその女性について詳しく詮索はしません。優しくて、話も面白く、品があり、おしとやかな青学生を脇に従えていると、ドン・ファンの格がグンと上がって見えました。

1時間連続で奉仕する青学の〝サセコ〟ちゃん

サワコちゃんは、4年制大学を卒業したあと大学院に進学したそうです。何年経っても「まだ大学院にいるんですよ」と言っていたので、本当かどうかは分かりません。ずっと研究を続けていたのか、はたまた、20代後半、30代になっても「青学の大学院生」を名乗っていれば、ドン・ファンの覚えがめでたいという思惑もあったのでしょうか。
「第1ラウンドが終わったあと、第2ラウンド、第3ラウンドまでのインターバルがあるでしょ。インターバルの間、あのコは僕のために1時間も奉仕してくれるんですよ。あんなに献身的なコはほかにいません。素晴らしいです」
ドン・ファンはよく、そんな感想を私に漏らしていました。

彼女とドン・ファンの付き合いは、15年近くに及びます。サエちゃんと出会って結婚するまで関係は続いていましたから、歴代の女の子の中でも、最長の部類に入ります。

サエちゃんと出会った頃の晩年のドン・ファンは、脳梗塞の後遺症もあってかなり体が弱っていました。ドスケベジジイではありましたが、さすがに性的な能力は限界が来ていたはずです。本人はEDになりかかっていることは絶対に認めず、いつも「僕は生涯現役でビンビンです。1日3回のセックスは欠かせません」と豪語していました。

でも実際のところ、ドン・ファンの下半身は生涯絶倫というわけではなかったようです。私に気を許した彼女は、ドン・ファンとの情事についてこんなふうに打ち明けることがありました。

「あーあ、今日は社長を勃《た》たせるのに疲れちゃいました。すぐにスタンバイできるわけじゃないので、けっこう大変なんですよ」

手と唇と舌を器用に使いこなし、ドン・ファンの裏スジや玉袋を30分でも1時間でも刺激し続けるんだそうです。不感症のおじいさんだとしても、そこまで長時間奉仕されれば、誰だってアソコがエレクトしていきり立つものでしょう。そうやって第2ラウンド、第3ラウンドのプレイを次々とこなすのです。

ドン・ファンのまわりにいるスタッフは、彼女を陰ではサワコならぬ「サセコちゃん」と呼んでいました。加齢にともなって性的能力を失いつつあったドン・ファンの下半身を、〝サセコ〟ちゃんの舌と唇と指が復活させてくれたのです。

ただ、夜のプレイがあまりにも玄人《くろうと》じみているので、あるときドン・ファンは私にこんなふうに打ち明けました。

「ひょっとすると、あのコは僕に隠れて風俗嬢の仕事をしているかもしれません。そうでなければ、僕のためにここまでしてくれないでしょう」

肩を寄せ合い 夕日を見つめる2人

サワコちゃんは東京でドン・ファンと会うだけでなく、和歌山の自宅にもときどきお呼ばれしていました。家政婦として呼ばれている私には、買い物や料理の準備、洗い物に掃除とやることが山ほどあります。忙しく働いている私を見ると、彼女は「お手伝いしますよ」「私にも何かやらせてください」と声をかけてくれるのです。

「家政婦が家事をやるのは当たり前」と思っているパパ活女子だらけの中、そんなふうに優しく声をかけ、実際に手を貸してくれるコは彼女だけでした。

イブちゃんとの相性も抜群です。彼女が和歌山の自宅にやって来ると、イブちゃんは嬉しそうに駆け寄って、ワンワンなついていました。

「イブちゃ～ん！　久しぶり～！　超かわいいね～！」

サワコちゃんもそう声をかけて、抱っこしたり膝の上に乗せてかわいがっていたものです。15年近くもドン・ファンとの付き合いが続いていただけに、イブちゃんも彼女のことを家族の一人として認識していたのでしょう。

あるとき、2階にある社長の寝室で見た光景が忘れられません。サワコちゃんとドン・ファンが寝室で肩を並べ合って座り、2人で静かに夕日が沈む様子を眺めていたのです。ドン・ファンは彼女の背中に自然に手を回し、まるでアツアツの新婚さんのようでした。

もちろんサワコちゃんは、1回10万円のお小遣いをもらうためにパパ活をやっているわけです。お金をもらうことが目的ですから、きれいな付き合いとはとても言えません。それでも彼女には、お金だけではない情の部分が感じられました。本当の恋人のように、ロマンチックな思い出作りができる女性だったのです。

謎に包まれていた青学生のプライベート

サワコちゃんが和歌山にやって来るのは、決まって週末の土日でした。土曜日にドン・ファンの自宅で1泊し、日曜日の夕方には自宅へ帰るのです。

「大学に行かないといけないから、そろそろ引き揚げますね」

南紀白浜空港から羽田空港行きのフライトです。

「空港まで送ってやってくれますか」

ドン・ファンから頼まれ、彼女を車に乗せて南紀白浜空港まで見送りに行くことにしました。すると途中で「ごめんなさい。私、やっぱり電車で大阪に帰ります」と計画を変更し、特急に乗って新大阪駅へ向かうというのです。

東京で学生をしているのか、大阪で学生をしているのか。はたまた大阪で何か仕事をしているのか。どこまで本当のことを言っているのか、彼女にはよく分からない側面がありました。人には言えない一面を持ちながら、ドン・ファンにコッソリ会ってパパ活をしていたのかもしれません。

見た目は完全にお嬢様ですし、東京の私立大学に通って一人暮らしをしていたのですから、そんなに貧しい家庭で育ったわけではないと思います。夫や子どもがいる形跡もなく、独身だと言っていました。その彼女がなぜ15年近くもパパ活をやっていたのか、本当の理由は私にも分かりません。

彼女がドン・ファンに初めて会ったのは20年近くも前ですから、今の彼女は40歳近いはずです。30代にさしかかった頃、もはやドン・ファンは彼女に興味を失っているようでした。20代の若いコが一番大好きなのですから、当然です。

「社長、あんなに優しくて甲斐甲斐しい女性はなかなかいませんよ。家政婦である私の仕事まで手伝ってくれるんですから。そろそろあのコと結婚したらどうですか？」

そんなふうに進言すると「まあな」とまんざらではない様子を見せていたドン・ファン。ところが、突如としてサエちゃんと結婚することを決めました。サワコちゃんは歴代最長の付き合いなのに、ポッと出の21歳にドン・ファンを奪われてしまったのです。

本妻と青学生、ドン・ファンの三角関係

サエちゃんとドン・ファンが初めて会ったのは、２０１７年の12月です。初対面からたった2カ月後の２０１８年2月、ドン・ファンはサエちゃんと結婚しました。交際を始めてから、サエちゃんがすぐに和歌山に移住したわけではありません。パ

パ活が終わってお小遣いをもらうと、サエちゃんは自宅がある東京へ戻っていました。社長の指示どおりにうまくスケジュール管理をし、サエちゃんがいない間にサワコちゃんを和歌山に呼びます。サワコちゃんとサエちゃんはお互いの存在を知っていたものの、幸い2人が鉢合わせになる修羅場はありませんでした。情に厚いサワコちゃんは、ドン・ファンのことが好きでしたし、おじいちゃんを介護している気持ちもあったのでしょう。「21歳のサエちゃんなんて、そのうち飽きて捨てられる。最後は私の出番だ」と確信していたはずです。

ところが、サエちゃんとのスピード結婚が決まった瞬間、サワコちゃんは人が変わったように逆上しました。それまでは優しくておしとやかな女性だったのに、とんでもなく口汚い言葉で私を罵倒するのです。

「なんなの!!　絶対許さない!!」

「あんた、今まで私にウソばっかりついてたんでしょ!!　なんであんな女に、社長を横取りされなきゃならないのよ。あの女とあんたはグルなんだろ！　あんたなんて、ぶっ殺してやる!!」

「クソ野郎!!」

私がドン・ファンにサエちゃんを当てがい、結婚を強く勧めたわけでもないのに、とんだ言われようです。電話口で金切り声をあげるサワコちゃんに、ついこう言い放ってしまいました。

「誰に向かって口をきいてんのよ。いい加減にしなさい。あんた、どうかしちゃったんじゃないの!?」

サエちゃんという新妻が出現したことによって、ドン・ファンとサワコちゃんの蜜月関係にピリオドが打たれたのです。

ドン・ファンと歌手・西川峰子さん

なお、歌手の西川峰子さん（現・仁支川峰子さん）とドン・ファンの関係がメディアで取り沙汰されたことがあります。西川さんといえば「あなたにあげる」という大ヒット曲で有名な往年のスターです。愛人関係を疑う人もいるようですが、お二人の間に肉体関係は一切ありません。

今から30～40年以上前になりましょうか。ドン・ファンが西川さんにゾッコンになり、「すぐ連絡を取ってください」と言ってお会いしたことがあります。食事会にお招きして口説こうとしていたようですが、男性としてはまったく相手にされませんでした。西川さんとしては、あくまでもビジネス上の打ち合わせのために食事会にいらっしゃったはずです。

その後、ドン・ファンが経営している梅干しの会社のコマーシャルガールに西川さんが起用されました。それだけではありません。西川さんの写真入りのポケットティッシュを配り、金貸し業の宣伝にも協力してもらっています。

芸能人として活躍する西川さんのおかげで箔がついたのか、ドン・ファンの会社にお金を借りに来る客が続出しました。

もはやそんな昔の話を、西川さんは覚えていないかもしれません。律儀なドン・ファンは、その後も西川さんの事務所にお中元やお歳暮を送っていました。
ドン・ファンが急死する直前、愛犬のイブちゃんが亡くなります。ドン・ファンは死ぬ間際まで、イブちゃんとのお別れ会の計画にてんてこ舞いでした。

「イブちゃんのお葬式のパーティに、西川さんを呼びたい。久しぶりに連絡を取ってください」

そう頼まれて、西川さんの事務所に連絡をしました。

「あいにくその日は仕事の予定が入っており、伺うことができず申し訳ありません」

こう丁寧なお返事をいただいたものです。謎の急死を遂げる直前まで、ドン・ファンはかつてお世話になった西川さんにいつも感謝していました。

ロリータ服の美人キャバ嬢

サエちゃんと結婚する直前までドン・ファンが付き合っていた女性は、青学のサワコちゃん以外にもう一人います。交際クラブで知り合った、新宿・歌舞伎町のキャバクラ嬢・ヒトミちゃんです。ホステスやキャバ嬢に興味を示さないドン・ファンにしては珍しく、その子のことを本気で好きになりかけていました。

初対面の彼女は30歳手前、年齢は28歳くらいだったと思います。

いつも黒系の洋服を着ており、スカートがフワッと広がっているAラインのファッションでした。洋服にはレースやフリルなど、ロリータ系の装飾がついており、フランス人形のようです。さらに、いったいどこで売っているんだろうと思うほどの、とんでもなく高いピンヒールを履いていました。

髪の毛は茶髪で、いかにもキャバ嬢ですといった調子で、グワーッと盛り盛りにヘアメイクしています。異常に長いつけ爪には、石がこれでもかと、爪に覆いかぶさるように付いていて、まるで魔女のようです。この爪で作られた料理は、何一つ食べたいとは思えません。

ドン・ファンは若い女性が大好きですが、ホステスやキャバ嬢には手を出そうとしませんでした。昔はそういう店に通って豪遊し、女性を口説こうとしたこともあります。でも店でお金をたくさん使ったところで、なかなかゴール（セックス）までは行き着けません。ならば交際クラブを通じて女の子を紹介してもらい、単刀直入にパンパン話をつけたほうが、コスパがはるかにいいのです。

ヒトミちゃんの場合も、わざわざキャバクラに通い詰めて無駄金を使わず、交際クラブで手っ取り早くパパ活の話をつけました。

ダイヤモンドの指輪をおねだりするキャバ嬢

私と娘、ドン・ファンとヒトミちゃんの4人で、天ぷら屋に食事に出かけたことがあります。新しい女の子と知り合うと、ドン・ファンは私や娘を同席させて「このコと付き合っても大丈夫だと思うか」と値踏みさせるのです。

お金目的でドン・ファンに近づいていることは、あまりにもあからさまでした。

「今日は社長と、これからダイヤの指輪を買いに行くんです」と嬉しそうに話すヒトミちゃん。いったいどこから出るのだろうという、甲高いぶっ飛んだソプラノです。ドン・ファンはヒトミちゃんのことを気に入っていたものの、結婚を考えるほどではなかったのでしょう。結局、見には行ったものの、彼女はダイヤモンドの指輪を買ってもらえませんでした。


ヒトミちゃんは昼間、大手芸能事務所で事務員の仕事をやっていると言います。

「社長、ヒトミちゃんはウソを言っているかもしれませんよ。ときどき言っていることに食い違いや矛盾があるんです。あんまり信用せず、注意してくださいね」

そう耳打ちしたところ、ドン・ファンもちょっと怪しいと勘づいたようです。

「そうかもしれませんね。彼女が本当に、その芸能事務所で働いているか、調べてくれませんか？」

そこで私は事務所に電話をかけて、ヒトミちゃんの名前や見た目の特徴を尋ねてみました。すると「ウチにはそんな子はいません」と言います。とんだウソつきだったのです。

歌舞伎町のキャバ嬢は美人局《つつもたせ》!?

素性をゴマかしながら、ヒトミちゃんはときどき和歌山の自宅までパパ活に来ていました。本気で結婚するつもりだったのか、あるとき宅配便で大量の荷物を送りつけてきたことがあります。でも、彼女との逢瀬は、わずか2～3回で終わりました。

というのも、ある日突然、衝撃的な電話がかかってきたからです。

「おおゴラ！　ナメてんのかゴラ！　テメエ、ウチの女に手をつけやがったろうが!!」

まるで美人局にハメられたかのようなシチュエーションで、突然、恫喝《どうかつ》されるドン・ファン。彼女とセックスをしていたことは事実ですし、スマートフォンへの着信履歴もあるのですから、申し開きのしようもありません。詳しくは知りませんが、脅してきた相手に、ドン・ファンは多額の迷惑料を支払ったようです。

なお、ヒトミちゃんとの関係が切れてからも、彼女が送りつけてきた私物は、自宅の物置に放置されていました。勝手に処分するわけにもいかないからです。後に、警察がドン・ファン宅を家宅捜索して証拠品を押収したところ、彼女の私物の中から、怪しげな注射器が出たとか出なかったとか……。

ガリガリに痩せて足がオバケみたいに細く、異様にテンションが高く挙動不審だった彼女は、私たちに隠れて何らかの薬物を摂取していたのかもしれません。今思い返してみると、歩き方もシャキッとせず、ヨタヨタしてちょっとおかしかったことを覚えています。

ドン・ファンがヒトミちゃんを乗せて運転した際に、車のミラーを対向車にぶつけたことがあり、その数日後に彼女から肋骨が折れていたと多額の金額を請求されたこともありました。発言や行動に疑問に思うところが多々あり、精神状態が不安定だったことは認めざるをえません。違法薬物とは一切、無縁の人生を歩んできたドン・ファンや私たちには、まるでうかがい知れない闇の部分ですが……。

第6章

若妻との「愛のない結婚生活」

1カ月100万円のお小遣い

第1章で触れたとおり、紀州のドン・ファンとサエちゃんが電撃入籍したのは2018年2月8日のことです。前年12月にドン・ファンと知り合ってから結婚するまでの間は、基本的にはパパ活を1回するたび10万円のお小遣いをもらっていました。

入籍してからのサエちゃんは、最初の1カ月～2カ月100万円もの巨額のお小遣いをもらっていたとされています。一度目は目の前で現金をボンと渡し、3月と4月は経理の女性社員が預金通帳に100万円ずつ振りこんでいたとも聞きます。もちろん、私が目の前で現金の受け渡しや預金通帳を見たわけではないので、真偽のほどは定かではありませんが……。女性社員と私の2人で、いつもブツブツ愚痴を言ったものです。

「お小遣いをこんなにもらって、冗談じゃないわよねえ。私たちはずっと働いてるのに、こんなにすごいボーナスなんて一度ももらったことないのに……」

パパ活で月収100万円を稼ごうと思ったら、1回10万円×10日間もドン・ファンに尽くさなければなりません。泊まりがけで東京から和歌山まで通えば、拘束時間はいっそう長くなります。これではほかの仕事なんてほとんどできません。

もしかしたらサエちゃんは、あくまで私の推察にすぎませんが「いちいちパパ活するよりも、結婚しちゃったほうがコスパはよっぽどいい」「結婚なんて紙ペラ1枚でできる。ただの儀式だ」と割りきっていたのかもしれません。

月収100万円が保証される結婚生活が始まった瞬間、サエちゃんの態度は急に豹変したように思えました。1日3回のロングセックスに献身的に付き合うどころか、ドン・ファンの唯一の楽しみである性生活にまったく付き合わず、セックスの誘いから逃げ回るようになってしまったのです。

破綻した新婚生活

脳梗塞を患ってからのドン・ファンは、ろれつがうまく回らなくなってしまいました。口が半開きになっているため、いつもヨダレをダラダラ垂らしている状態です。末端まで血液がきちんと回っていないのか、晩年は足が真っ黒でした。あの足を見たとき「社長、大丈夫ですか⁉」とビックリして一生懸命足をさすってあげたものです。なのにサエちゃんは、「大丈夫？」といった素振りをあまり見せることもなく、見て見ぬふりをしているようにも見受けられるところがあったように思えました。

ただ、サエちゃんに同情をする気持ちもあります。ドン・ファンは大人用オムツをつけており、排泄もうまくできなくなっていました。ウンチがお風呂にプカプカ浮かび、セックスのときも粗相をして、床やベッドをしょっちゅう汚してしまいます。排泄物を掃除したり、不潔な環境で毎日セックスを迫られたりするのが堪えられなかったのでしょう。

結婚してからというもの、サエちゃんとドン・ファンはあまり一緒には寝てはいなかったように思えます。そしてセックスをしないだけでなく、ついに2人は別々の部屋で寝るようになったのです。

ドン・ファンの部屋は自宅の2階にあります。家政婦の私は1階の部屋で寝泊まりしていたのですが、その部屋にサエちゃんがやって来るようになりました。キングサイズのベッドに、気づくとサエちゃんが寝ているのです。

「社長が寂しがるから、上に行ったほうがいいんじゃない?」

そう促しても、彼女は「大丈夫」の一言。

ドン・ファンと同じベッドで寝たくないものだから、サエちゃんは私の寝室で寝るのです。

新婚の新妻とセックスできないどころか、別々の部屋で寝るとなると、ドン・ファンの怒りはたちまち爆発します。

「あのバカ女め。セックスどころか一緒に寝ないいんだったら、いる意味が何もない。

もう別れるぞ！」

　ドン・ファンが怒り始めました。

「サエちゃん、社長怒ってるから、ちゃんと一緒の部屋で寝なきゃ駄目よ。何のために結婚して夫婦になったのよ。高いお小遣いだってもらってるんでしょ。このまま私の部屋で寝ていたら、じきに離婚されちゃうわよ。社長も、一緒に寝ないならもう別れたいって言ってるんだから、悪いけど、上で寝てよ」

　そう言って説得したところ、彼女はしぶしぶドン・ファンの部屋で休むようになりました。

　しかし、夫婦の営みが復活したわけではありません。

「眠い。今日はクタクタに疲れた」

「生理だから無理……」

　そんな言い訳をしながら、サエちゃんはドン・ファンとのセックスから巧妙に逃げ続けました。結婚してからの3カ月間のうち、もちろん本当のところは2人にしか分かりませんが、2人が体を重ねたのは1回か2回くらいではないでしょうか？　あるいは完全にセックスレスだったかもしれません。

まだ若く、ドン・ファンの排泄物のこともあったので致し方ないところもありますが、お世辞の一つも言えず、無表情でツッケンドンな受け答えしかせず、夜はセックスに応じようともしない。ドン・ファンが誘っても寝たふりをし、朝になっても起きてこない。お昼までグーグー惰眠を貪《むさぼ》る。

「お前、まだ寝てるのか。よく寝るなあ。とっくに12時の針を回ってるぞ！」

普段「サエさん」と「さん」づけで呼ぶドン・ファンも、さすがに機嫌を損ねて「お前」呼ばわりして怒ったものです。私と2人きりのときには、「もう、あいつとは別れたい。ワタシの考えていたのと違った」と、よく愚痴をこぼしていました。

誰の目から見ても、サエちゃんの非常識とも言える振る舞いは日増しに増え、とても新妻とは言えないものにも見えました。

サエちゃんと家政婦の確執

2018年2月8日に結婚してから4月頭まで、サエちゃんは何やかやと理由をつけて和歌山県田辺市の自宅を敬遠していました。「やり残した仕事を片づけなくちゃ」「海外出張の仕事もあるし」と言って、留守にするようになったのです。

しかし4月に入ると、ようやく和歌山に腰を落ち着けるようになりました。田舎では、自動車を運転できなければ仕事にも買い物にも支障をきたします。そこで、運転免許を持っていなかった彼女は、4月2日に田辺自動車学校に入りました。教習所に毎日集中的に通い、送り迎えは私が担当していました。

あるとき、サエちゃんを教習所に送り届けたあと、ドン・ファンの愛犬イブちゃんを美容室に連れていきました。ペット用美容室でトリミングし、余計な毛をカットしてきれいに整えてもらうためです。トリミングが終わったイブちゃんを引き取り、抱っこして教習所に迎えに行ったところ、私は彼女との約束の時間に5分だけ遅れてしまいました。するとサエちゃんがプンプン怒って、次のようなニュアンスの文句を言うのです。

「あなたさあ！　5分も遅れて人を待たせて、何考えてんのっ!!」

私はめったに怒る性格ではありませんが20歳そこそこの小娘から、偉そうにそんなふうに言われる筋合いはありません。私はドン・ファンにお仕えする身であって、つい最近現れたばかりの彼女から使用人扱いされるのは、まったくのお門違いではないでしょうか。ドン・ファンが実の娘のように溺愛するイブちゃんをケアしていたのですから、5分くらい遅れたって致し方ないではありませんか。

なんという勘違い女なのかと、そのときは思ったものです。家政婦のことを、自分の秘書とでも見なしているのでしょうか？　そんな女性に親切にしてあげる必要などあろうはずもありません。

「その言い方はあんまりじゃないの。そういう言い方をするんだったら、もう車で送り迎えなんてしないから！」

それからというもの、彼女が通う教習所へは会社の若い男性スタッフ数人が、交代で送迎車を出すようになりました。サエちゃんは背が高くて美人ですから、会社の男の子たちも「お安い御用ですよ！」とウキウキした様子で車を出したものです。

あとから考えると、推察をするにこのとき男性社員とサエちゃんの間で交わされた不穏な会話のせいで、ドン・ファンとの関係が複雑にこじれたのかもしれませんが……。

免許取り立てでベンツを爆走

4月2日に田辺自動車学校へ入ったサエちゃんは、4月22日に自動車免許を無事取得しました。教習所に毎日通った甲斐があり、わずか3週間で免許を取れたのです。

その直後、大阪にいる知人からサエちゃんに電話がかかってきました。ちょうどドン・ファンが東京へ出張中だったので、彼女は自分で運転して和歌山から大阪へ行くと言います。

「このことは、社長には絶対に言わないでね」

サエちゃんからは念入りに口止めされました。

「そんなこと、いちいち言わないわよ。会うなら会ってくればいいじゃない」

ミニスカートのワンピース姿に着替え、かなり気合を入れておしゃれしています。目的はまったく分かりませんが、サエちゃんを呼び出した電話の相手は男性のようでした。ドン・ファンに知られたくない相手だったことは確かです。

目的はともかく、免許取り立てなのに、高速道路に乗って大阪まで遠出することには、私は反対しました。いくら何でも危なっかしすぎます。

「大阪に行くのはいいけど、車で行くのはやめなさいよ。事故でも起こされたら、私が社長に怒られちゃうんだから！」

「私、そんなに運転が下手なわけじゃないから。大丈夫だから！　心配しないで！」

私の説得も虚しく、サエちゃんはそう言い張ると、ドン・ファンの白いベンツを運転して大阪へ出かけました。彼女は飛ばし屋のようでした。高速道路ではせっかちでどんどん先を急ごうとし、車線をクルクル変更しながらスピードが遅い車を追い抜いていくこともあったと聞きました。正直言って、彼女の運転には少なからず恐怖さえも感じるところがあるようにも思えました。

ドン・ファンも同じ気持ちだったのでしょう。あるとき食事に出かけようという話になったとき、サエちゃんが「私が運転するわ」と言うと、ドン・ファンが「いや、運転は木下さんにしてもらいたい」と言うのです。その日の夕食は険悪な雰囲気でした。帰りの車の中でドンファンが「お前さ、離婚したいんなら離婚してもいいんだぞ！」と切り出し、夫婦ゲンカが始まってしまったのです。

彼女に愛情が感じられず、自分の存在を嫌がっていることを、ドン・ファンはよく分かっていました。昔からよく「夫婦ゲンカはイヌも食わぬ」と言います。不毛な言い争いに巻き込まれるのはまっぴら御免なので、私は自宅まで2人を送り届けると、「おいしい夕飯をごちそうさまでした。今日はこれで失礼しますね」と挨拶して、いそいそと近くの実家へ帰ったものです。

手料理を作って自分だけ食べる新妻

新妻であるにもかかわらず、サエちゃんは家事をあまりやろうとはしませんでした。第5章で紹介した青山学院大学の女子大生サワコちゃんは、パパ活にやって来ると「お手伝いしましょうか？」と私に気さくに声をかけてくれたものです。ところが、サエちゃんはそんな素振りを見せたことがほとんどありません。面倒くさい家事は、家政婦に丸投げしたいと思っていたのかもしれません。

ところが、ある日、珍しいことが起きました。

「今日は自分で料理作りたい」

なんと、あのサエちゃんが手料理をふるまってくれるなんて……！

「あら、いいわよ！　一緒にスーパー行きましょ」

ドン・ファンも、結婚してから初めて、新妻の手料理にありつけるとあって、嬉しそうにソワソワしています。

彼女はスーパーに入ると、「お肉を買って料理を作るんだ〜」と言いながら、生鮮食品コーナーでアレコレ選んでいます。

「社長のために偉いね。ありがとうね」

私は思いっきり、サエちゃんをホメました。

ドン・ファンの昼食は、しゃぶしゃぶがメインです。いつも決まった店でおいしい牛肉を買ってきて、しゃぶしゃぶを食べながらおいしそうにビールを飲むのです。「お肉好きのドン・ファンのために手料理を作るのか。サエちゃんにも、珍しく新妻らしいところがあるものだ。意外にかわいい子じゃないか」と感心しました。

買い物を終え、家のキッチンでサエちゃんの様子を盗み見ていると、なにやら韓国料理のプルコギ風の焼き肉を作っています。

料理が完成すると、いそいそとテーブルに運ぶサエちゃん。私も社長も、楽しみにその様子を見守っていました。しかし、料理が盛られたお皿は1つだけ。

大皿から取り分けて食べるのかな……？

その瞬間、「いただきま～す」と言って、なんと彼女は自分だけプルコギを食べ始めたのです。

「あれ？　社長の分は？」

「ないよ。私のご飯だもん」

そう答えると、サエちゃんはただただまた黙々と肉を食べるのです。自分だけ平気でご飯を食べて、旦那さんであるドン・ファンの食事はまるで気にかけない。あれは衝撃的なシーンでした。

イヴ・サンローランとセリーヌのバッグ

北海道出身で美容専門学校を出たばかりのサエちゃんは、学生上がりの典型的なギャルでした。ただ、ほかの女性との決定的な違いは、なんといっても21歳という圧倒的な若さです。ここまで若いと、20代後半、30～40代とは肌のハリがまったく違います。

「シルクのような肌だ。素晴らしい。触ると天然の保湿成分があって、しっとりスベスベしている。この感覚はたまりませんね～。さすがです！」

サエちゃんと出会った頃のドン・ファンは、当初はそう言って周囲に自慢していました。

少しでも大人っぽく都会の女性を演出するためにも、サエちゃんは高級ブランドものの洋服やカバンに全身を包んでいたものです。高級バッグが好きで、イヴ・サンローランやセリーヌのカバンをたくさん持っていました。化粧品のブランドまでしっかり確かめたわけではありませんが、化粧台にはシャネルだかどこかの高級ブランドの高そうな化粧品が大量に並んでいたものです。

一方で、彼女は和歌山にやって来てからは、地元の「ファッションセンターしまむら」でもよく買い物をしていました。業務用かと思うほど大量のタオルを買い込んで、山積みにするのです。ドン・ファンはお風呂に入るとウンチが漏れちゃいますから、同じタオルを使いたくなかったのでしょう。あるいはお風呂や部屋にウンチが散乱したとき、使い捨てのタオルを掃除用に使おうと思っていたのかもしれません。

愛犬イブちゃんの警戒心

パパ活にやって来る女の子は、愛犬イブちゃんを見ると一様に「イブちゃ〜ん！超かわいい！」と駆け寄り、抱っこしたり毛並みをなでたりしていました。ドン・ファンはイブちゃんを溺愛していましたから、パパ活女子たちが愛犬をかわいがれば、自分の娘をホメられたように、気分が良くなります。パパ活女子たちにとって、イブちゃんをかわいがることは点数稼ぎでもありました。

一方、イブちゃんはかなり用心深い性格でした。メスだからか、女性にはなかなかなつかず、信用するまでは、尻尾を振りながら近づいてくることも、ましてや膝に乗るなんてこともありません。

そんなイブちゃんに、新妻であるサエちゃんはご飯をあげることもなければ、散歩に連れていくこともありませんでした。ドン・ファンの存在ばかりでなく、ペットの存在についても見て見ぬ振りをしていたように見受けられました。

　彼女が自分にまったく関心を持っていないことに、イブちゃんも気づいていたのでしょう。サエちゃんが部屋に入ってきても、彼女のそばに行くことはなかったものです。イブちゃんはサエちゃんになつくどころか、「ワン!!　ワン!!　ワンワンワン!!」と激しく吠えることすらありました。御主人様であるドン・ファンを尊敬するどころか、無下な扱いをすることさえあるサエちゃんに対して、動物的勘から警戒の念を抱いていたのではないでしょうか。

　ほかのパパ活女子たちのように、サエちゃんもせめて形だけでもイブちゃんをかわいがる素振りを見せていれば、ドン・ファンの機嫌が少しは良くなったのに……。彼女の無関心にも見える冷たい素振りは、まるでキンキンに冷え切った氷のようにも思えるところがありました。

第7章

妻の後釜を狙う女性と「離婚危機」

ドン・ファンと新妻・サエちゃんの心の距離

前章でお話ししたとおり、入籍してからというもの、新妻のサエちゃんは何やかやと理由をつけて、ドン・ファンのことを敬遠していました。

また、和歌山に来たときのサエちゃんは、スマートフォン依存症なのかと思えるほど、いつもスマホを見ていました。目の前にドン・ファンがいようが、会社のスタッフがいようが、そこに誰もいないかの如くiPhoneやiPadをいじり続ける。オンラインゲームに夢中になって、何か話しかけても上の空で返事もろくに返ってこない感じでした。ゲームをやっていないときにも、頭の中は自分がやりたいことでいっぱいの様子でした。

サエちゃんは旅行が大好きです。本人曰《いわ》く、ファッションモデルの仕事で中国やドバイにしょっちゅう出かけていたそうで、飛行機に乗ってあちこちに行きたくてたまらない様子でした。だから田辺の田舎でじっとしているのなんて、とても耐えられるはずがありません。ドン・ファンをほっぽり出して、東京だの大阪だの北海道だの、あちこち旅行に行きたくてたまらなかったのではないでしょうか。

一方、ドン・ファンは常に近くに女性がいなければ、イライラが極限に達してしまう。1日3回セックスしまくらなければ、性欲が爆発してしまうところがありました。そんな彼は、サエちゃんが旅行に行きたがっても、いつも止めていました。それでも彼女がどこかへ出かけてしまうと、ドン・ファンは1日何十回も電話をかけまくるのです。

「もしもし、サエさん今どこにいますか？　連絡ください」

「もしもし、サエさん今すぐ連絡ください」

「心配しています。折り返し電話をかけて、声を聞かせてください」

ドン・ファンは3分に1回の勢いで、サエちゃんにそれこそ一日中電話をかけ続けるのです。

うっとうしくなった彼女は電源を切って、連絡をまったく取れなくしてしまうこともよくありました。するとドン・ファンはますます激しく電話をかけ続けるのです。ドン・ファンにとって、電話で誰かとしゃべるのは精神安定剤だったのでしょう。実のところ紀州のドン・ファンは、生粋《きっすい》の寂しがり屋だったのです。

そんなドン・ファンを気にかけて愛するどころか、結婚直後から心が離れていく一方だったサエちゃんとの距離は、日増しに遠くなっていきました。

離婚届を振りかざして夫婦ゲンカ

新婚さんであるにもかかわらず、ドン・ファンとサエちゃんは顔を合わせるとしょっちゅう夫婦ゲンカをしていました。

「僕はサエさんをいろいろなところへ見せびらかしに行きたい。僕みたいな年寄りでも、若くてきれいな子と結婚できることをみんなに自慢したいんです。なのにサエさんは結婚お披露目パーティにも参加してくれないと言う。そんな結婚には意味がないです……」

普段のドン・ファンは、身内に対しても丁寧な言葉を使います。サエちゃんのことを呼び捨てにもしません。「さん」づけで敬意を払います。

ドン・ファンは、返済が時に滞ると激しい取り立てをしながら、金貸し業で一代で財をなした人物です。借りた金を返さない客がいると、「金返せ」「泥棒」「差し押さえ」と殴り書きした赤紙を自宅にベタベタ貼りつけて大騒ぎすることもあったと言います。私もよく取り立ての現場に連れていかれました。返す金がない客が居留守を使うと、ドン・ファンは人が変わったように大声で恫喝を始めます。

「ゴラーッ！　そこにいるのは分かってんだぞ！　出てこいゴラーッ！」

「利子がいくらに膨らんどると思っとんのや！　ナメたらアカンで‼」

ヤクザ映画でしか見たことがないおそろしい光景です。ドン・ファンにはそんな怖い一面もありました。

妻としての責務を果たさないサエちゃんに対しても、初めはサエちゃんを「さん」づけで敬意を払いながらも非難するだけで止めていたのですが、彼女の結婚に対する態度が一向に変わらないことに業を煮やし、あるときドン・ファンの怒りはとうとう爆発しました。そして、ついに私が運転する車の中で、サエちゃんと別れると言い出したのです。

「お前なんか離婚じゃーっ！　結婚式もしない女なんて、もう要らんわ！　ほれ、ここに離婚届を準備しといたから、とっととハンコ押しやがれ。もうおしまいじゃ!!」

こうなると、ドン・ファンとサエちゃんとの関係修復はもはや難しいように思えました。彼女はドン・ファンが何を言おうが、目を合わせることもなく「ふんっ」という様子で無視を決め込む。スマホに没入し、目の前にいる夫をケアしようともしない。1カ月100万円のお小遣いをもらえれば……、あとは自分本位の好き勝手な人生を歩みたいと考えていたのでしょうか？

ドン・ファンと結婚する前、パパ活をしていた頃のサエちゃんは、「愛なきセックス」に何十回だろうが身を投じていたのかもしれませんが、ドン・ファンと結婚し、パパ活をしなくても札束が入ってくることが保証された瞬間、彼女の「愛なきセックス」はどうやらパタリとピリオドを打ってしまったようなのです。

ミス・ワールド日本代表との不倫パパ活

サエちゃんが結婚式やセックスをしてくれないことに業を煮やしたドン・ファンは、結婚後、少しすると東京・銀座の交際クラブでパパ活の相手を求め始めました。2018年2月に結婚してからも、ドン・ファンは複数の女性と東京でパパ活に明け暮れていたようです。その中の一人に、ドン・ファンが「ミス・ワールド」と呼ぶ美女がいました。年齢は25歳だと言います。

「この間、東京で素晴らしい女性と知り合いました。ミス・ワールド日本代表になったこともある子なんですよ。身長が173センチもあって、無駄な贅肉がどこにもない。シルクのような肌は水をはじいて、惚れ惚れするハリです。素晴らしい。いやあ、とにかく素晴らしい。決めました。僕はサエさんと別れてミス・ワールドともう一度結婚します！」

興奮した様子で、ドン・ファンはミス・ワールドとの「結婚宣言」をしました。2月にサエちゃんと結婚したばかりなのに、4月に交際クラブで知り合ったミス・ワールドに乗り換えるというのです。

ミス・ワールドは、ミス・インターナショナル、ミス・ユニバースと並ぶ「世界3大ミスコンテスト」の一つとして知られます。世界中の美女が一堂に会するミスコンのレベルは、ハンパではありません。美貌、スタイルの良さは当然として、国際貢献、社会貢献にかける思いを、自分の言葉でプレゼンテーションできる能力も必要です。ただ美しければ、ステージの上で脚光を浴びるわけではありません。見た目の美しさだけではなく、内面の美しさ、さらには知性と哲学まで求められる大会です。

25歳のミス・ワールドは、そんな厳しいミスコンの日本代表に輝いた女性だと聞きました。私も娘もドン・ファンからその子を紹介してもらうはずだったのですが、残念ながらなかなかタイミングが合わず会ったことは一度もありませんでした。ミス・ワールドを紹介してもらう前に、ドン・ファンが急死してしまったからです。

第8章で述べるとおり、2018年5月6日に愛犬イブちゃんが亡くなります。ドン・ファンは「イブちゃんとのお別れ会をホテル川久《かわきゅう》で開く」と言い出し、6月11日のお別れ会に向けて計画が進んでいました。ホテル川久とは、南紀白浜温泉にあるゴージャスなホテルです。ミス・ワールドはこのお別れ会に招待されていました。

もし彼女が予定どおりお別れ会に来ていれば、サエちゃんとミス・ワールドが鉢合わせして修羅場になっていたでしょう。あるいはドン・ファンはわざと2人を引き合わせて、「サエさん、あなたはもうおしまいだ。ミス・ワールドにはとても勝てないだろう」と引導を渡すつもりだったのかもしれませんが……。

本田翼さんに似たスレンダースーパー美女

パパ活にやってくる女の子たちの中には、自称・ファッションモデル、自称・歌舞伎町の女王、自称・グラビアアイドルなど経歴を盛る子が大勢います。モデルやアイドルとしても、ホステスとしてもイマイチ芽が出なかったにもかかわらず、その道で成功したと自称する子だらけなのです。

こうした事情もあり、私は「ミス・ワールド日本代表」と初めて聞いたときも、どうせいつもの経歴詐称だろうと高《たか》をくっていました。せいぜいミス・ワールドに応募して書類選考を通過したくらいであって、日本代表なんてウソっぱちだと思ったのです。

「あの子は素晴らしい。ボディもセックスも、サエさんとは比較にならないほどすごいんですよ。いやあ、さすがミス・ワールドだ。素晴らしい。うへへへっ、へっへっ

へっへっ」
あるとき、ドン・ファンは嫌らしい不気味な笑い方をしながら、私にその子の実名を教えてくれました。ところが驚くべきことに、娘にすぐに検索してもらうと、なんとその子はミス・ワールド日本代表を決める大会で最終選考まで残った正真正銘のファイナリストだったのです。本物の日本代表ではなかったとはいえ、紙一重のところまで行ったとなれば、ほかのナンチャッテ自称ファッションモデルなどとはワケが違います。

私も娘が検索したミス・ワールドの顔写真をネット上で見ましたが、女優の本田翼さんに似たスレンダー美女でした。私がその顔写真を見せると、ドン・ファンは「そうそう、この子ですよ。うへっ、へっへっへっへっ」とまた嫌らしく笑ったものでした。

しかしドン・ファンが急死すると、もしかしたら「4人目の妻」になっていたかもしれないミス・ワールドのもとへ、マスメディアの取材が殺到しました。ところが、何もなかったようにミス・ワールドは、ドン・ファンとパパ活をしていた事実をかたくなに否定しました。

報道によれば、彼女のパパ活を支えていたのは、1回会うごとにもらえる10万円の現金でした。ミス・ワールドとドン・ファンを結びつけていたのもまた、乾ききった「愛なきセックス」だったのです。

「週刊大衆」ヌードグラビアの石原さとみさん似の美人女子大生

サエちゃんと結婚したあとも、ドン・ファンが複数の女性とフリーセックス状態だったことは先ほど申し上げました。そのうちの一人に、「週刊大衆」でヌードグラビアを飾ったことがある美人女子大生がいます。あるとき和歌山県田辺市のコンビニで、ドン・ファンが「週刊大衆」を買ってきました。そこに載っていたヌードグラビアを見ながら、ドン・ファンが大騒ぎするのです。

「バスト90センチ！　Eカップ！　なんという素晴らしいボディでしょう。この子と会いたい。どうしても会いたい！」

そう言いながら、「週刊大衆」のヌードグラビアを何度も何度もめくって舐め回すようにボディを吟味しています。目鼻立ちははっきりしていて、唇は石原さとみさんを彷彿させるポッテリ型、美肌は色白で、爆乳とは対照的にウエストはキュッとくびれていました。ボン・キュッ・ボン。ドン・ファン好みの典型的なナイスプロポーションです。

どうやら亡くなる直前の3月か4月あたりに、この女性との逢瀬が実現したと聞きました。偶然にも、ドン・ファン御用達の東京の交際クラブに、この美人女子大生が登録していたんだそうです。

「カタログを見ていたら、あのヌードグラビアの女子大生がいたんですよ。すぐセッティングしてもらいましたよ」

ドン・ファンはこう言って大はしゃぎしていました。週刊誌で全裸になるくらいの子ですから、1回10万円のお小遣いをもらって、喜んでパパ活をしてくれたのでしょう。

この時点で、サエちゃんとドン・ファンは完全にセックスレスでした。もしかすると、紀州のドン・ファンにとっての「人生最後のセックス」は、この美人女子大生が相手だったのかもしれません。20歳そこそこのEカップ爆乳女子大生とパパ活できたのですから、ドン・ファンは最期まで幸せ者の艶福家《えんぷくか》でした。

AV出演疑惑報道の黒歴史

ドン・ファンが急死する3日前の2018年5月21日、ある事件が起きました。ドン・ファンが経営する会社「アプリコ」の社員が、とんでもない映像を見つけてきたのです。

「木下さん、ちょっと用事があるのでいいですか?」

私の顔を見つけた若い男性社員が、ヒソヒソ声で声をかけてきます。なんだろうと思って付き合ってあげると、男性社員がパソコンでとんでもない映像を再生し始めました。そこにはサエちゃんにそっくりな女性が映っていたのです。

屈強な外国人男性に後ろからガンガン攻められ、ヒーヒーとあえぎ声を上げる激しいセックスシーンでした。またその後、真偽のほどは定かではありませんが、彼女はドン・ファンと会う前にアダルトビデオに出演していたとも一部で報じられました。私はドギツイ内容のポルノなんて、それまでまったく見たことがありません。身近な女性がそんなポルノに出ているのですから、「えーっ!!」と絶叫してひっくり返りました。

「何これ！　あんた、どこでこんなもの見つけてきたの!?」

「たまたま見つけちゃったんですよ。これ、どう見てもサエさん本人に見えますよね……」

「あんたね、やめなさいよ……。このことは誰にも言っちゃ駄目よ。本当のことは分からないけれど、もし、社長の奥さんなんだったら、大変だからさ。社長にはこのことは絶対、秘密だからね！」

そうその男性社員にキツく注意したものの、しばらくするとＡＶ出演疑惑の噂はすでに会社中に知れ渡っているようでした。

しかもこの男性社員は、ドン・ファンからもっともかわいがられていたうえに、サエちゃんとも特に親しく、教習所へ彼女を送迎する際も、２人で楽しそうにおしゃべりしていました。年齢は30代半ばくらいで、見た目もイケメンですから、サエちゃんもまんざらではなさそうだったのを覚えています。


もしドン・ファンの耳にＡＶ出演疑惑の話が入れば、彼は頭から湯気を上げて激怒したでしょう。独占欲が強いドン・ファンにとって、そんな映像が世の中に出回っていることにはとても耐えられなかったはずです。幸いドン・ファンは、亡くなるまでサエちゃんのＡＶ出演疑惑の噂に、まったく気づいていませんでしたが……。

結婚した瞬間セックスレスになって、ドン・ファンとサエちゃんは仮面夫婦のように関係が冷え込んでいました。もし、ドン・ファンがミス・ワールドや石原さとみ似のEカップ美人女子大生とパパ活する一方で、本妻であるサエちゃんの信じがたい噂を耳にしたならば、二人はきっと離婚したに違いありません。サエちゃんにとって、自分の立場を脅かす二重三重の深刻な危機が、すぐそこまで迫っていたのです。

第8章
事件当日と最後の晩餐

愛犬イブちゃんの急死

ミニチュア・ダックスフントのイブちゃんは、2人目の奥さんが飼っていたイヌです。ドン・ファンは最初はそんなに興味がなかったのに、離婚したあとにイヌを引き取ったところ、すっかり愛犬家に変貌《へんぼう》したのでした。

パーティだろうが食事会だろうが、知人の結婚式だろうがお葬式だろうが、連れていけるところは全部、どこにでもイブちゃんを連れていったものです。若くてグラマラスな女性が大好きなのは当然として、ドン・ファンはイブちゃんのことを実の娘のように溺愛していました。「全財産をイブちゃんにあげたい」と話していたほどです。

ドン・ファンは用心深い人物でした。自宅に出入りする清掃業者も、ペットホテルやペットシッターも信用できないと言うのです。

「イブちゃんは自分の命の次に大事な家族だ。長い付き合いがある、あなたなら信用できる。面倒を見てほしい」

ドン・ファンはこう言ってイブちゃんの面倒を私に任せました。そもそも私が、家政婦としてドン・ファン宅に出入りするようになったのも、イブちゃんのお世話がきっかけでした。そう言われ、長年にわたりずっと面倒を見てきたイブちゃんが、ご主人であるドン・ファンより前に2018年5月6日に、急死してしまったのです。

「イブちゃんの具合が急に悪くなった。すぐに帰ってきてください！」

ドン・ファンからけたたましい電話がかかってきたので、私は大慌てで車を出して大阪の病院まで走ったのを昨日のことのように覚えています。ところが、その途中でイブちゃんは亡くなってしまったのです。獣医師からは「老衰です」と言われました。13歳になっていたはずですから、イヌとしてはすでに高齢のおばあちゃんです。

このときも、ドン・ファンはサエちゃんには車の運転を一切、任せませんでした。サエちゃんが初心者ドライバーのため、家政婦である私の運転でなければ信用できなかったのです。

「なんで？　私は木下さんより運転うまいから。私が運転したい」

このとき、こう言って、サエちゃんはドン・ファンに盾を突きました。しかし、ドン・ファンは、

「いや、すまんけど、今日は木下さんに頼むから」

そう返し一歩も譲りませんでした。フンッと横を向くサエちゃん。妻よりも、家政婦のほうが篤《あつ》く信頼されていることに、納得がいかなかったのでしょう。雰囲気はピリピリしており、サエちゃんはあからさまに拗《す》ねていました。

かわいがっている愛犬が命の危険にさらされているのに、相変わらずドン・ファンとサエちゃんとの間には意思の疎通がありません。2人の気持ちはもうバラバラでした。

「なんてことだ！　イブちゃんはお前のせいで死んだんだ！　お前が変なものを食べさせたんじゃないのか!?　殺したのはお前だ、お前だ……」

「イブちゃんが死ぬんだったら、お前のほうが先に死ね!!」

やり場のない怒りに駆られ、ドン・ファンは今度は、私に怒りをぶつけてきました。

私がイブちゃんに毒を盛ったり、虐待したりするなんて、絶対にありえません。一生懸命面倒を見て、家族と同様に大事にかわいがっていたのです。

ドン・ファンは、イブちゃんのことをものすごく信頼していました。人間はすぐに裏切りますし、パパ活を求めてくる女の子だってお金がなければ77歳のドン・ファンにはなびきません。愛なんて毛筋《けすじ》ほどもなくても、お金さえあればセックスをしてくれる女性たちはいくらでもいます。でもそこには、心に染み入る温かい愛情は存在しません。ドン・ファンもそう思っていたのでしょう。彼が心から信用し、愛することができる相手はイブちゃんだけでした。

それだけイブちゃんを愛していただけに、誰かにやるせない怒りをぶつけなければ気が済まなかったのでしょう。

紀州のドン・ファンが突然死した日

愛犬イブちゃんが急死してから18日後、とんでもない大事件が起こります。77歳にして生涯絶倫、1日3回のセックスを欠かさなかったあの紀州のドン・ファンが、イブちゃんのあとを追うように突然死したのです。事件当日である2018年5月24日の一日の出来事を振り返ってみましょう。

常日頃からまだ二人の関係が良かった頃は、午後3時を過ぎると、ドン・ファンのお楽しみのセックス時間が始まります。もちろん、先にお話をしましたように最後までしていたかは分かりませんが、サエちゃんと2人きりでウフンアハンと大騒ぎですから、その時間帯は、私はいつも気を遣って近所の実家に帰っていました。

ドン・ファンは夜は早めに休み、翌早朝3時頃から一日の活動は始まります。私がすでに家政婦として働いていた17年2月、ドン・ファン宅の1階窓ガラスが破られ、泥棒が入ったことがありました。それからというもの、ドン・ファンは一人では心細いようで、私は彼から「泊まってもらいたい」とお願いをされていました。そのため、実家から通うのではなく、夜はドン・ファン宅の1階で寝ていました。ゆえに、合計3回のセックスが終わる頃を見計らい、夕方頃にドン・ファン宅に戻って彼の寝る準備をするのです。こうした夫婦の秘め事について書くのは、2人の本当の夫婦仲を知ってほしいと思ったからです。

ところが、事件当日の5月24日はいつものように午後3時頃に外出し、午後7時頃に「ただいま」とドン・ファン宅に帰ってくると、ちょうどサエちゃんが1階のお風呂から出てきたところでした。お風呂は2階にも別にあるのに、彼女がなぜ1階のお風呂に入ったのか？　ドン・ファンはお風呂の中でウンチを漏らしてしまうので、2階のお風呂に入ることを避けていたのでしょうか……。

「あらサエちゃん、社長は？」

私がそう声をかけると、彼女は「上で寝ているよ」と一言言います。

その後、午後8時からは、私はサエちゃんと一緒に1階のテレビで『ニンゲン観察

バラエティ モニタリング』(TBS系)という番組を見ました。

「アハハハハハハッ!」

暇さえあれば、サエちゃんはいつもiPhoneやiPadでゲームばかりやっています。人前で笑ったり泣いたりしませんし、喜怒哀楽が乏しい子でした。それなのに……この日は、テレビのバラエティ番組を見て大爆笑。彼女としては本当に珍しいことでした。

「サエちゃんでも、こんなに笑うことあるのね。大雪でも降りそうだわ……」

私と一緒にテレビを見ることなんてめったにないのに、サエちゃんはずっと1階でテレビを見ている。「よっぽど社長のところへ行きたくないんだなあ……」と思いました。

そのまま二人で惰性でテレビを見続けていると、何の前触れもなく突然、夜10時頃に2階から「ドン!!」と家中に響き渡るような大きな音がしたのです。

「サエちゃん、社長が怒ってるよ。早く上に行きなさい」

私はそう言いました。すると、サエちゃんはしぶしぶ2階へ上がっていきました。ところが、2階に上がってまだ数秒も経たないうちに彼女は「しゃ、しゃ、社長が……」と言いながら、再び1階へ降りてくるのです。

「ど、どうしたの……!?」

私が異変を察知して、大慌てで2階に上がると、ドン・ファンは風呂上がりの格好のまま、ソファーに倒れていました。

「えーっ！　社長！　どうしたの!?」

まだ生きてるはず、大丈夫……。私は心の中で、そう自問自答し続けました。しかしそう信じたいけれど、このときのドン・ファンは明らかに様子が違いました。

すぐさまドン・ファンに駆け寄って肩を揺さぶると、すでにドン・ファンの体はカチコチに固まっていました。体は冷たくなっており、すでに呼吸が止まって血が通っていない状態でした。午後3時に外出をし、目を離した7時間のうちのどこかのタイミングで、紀州のドン・ファンは突然死してしまったのです……。

「死ぬまでセックス」で生涯をまっとうしたドン・ファン

時が経つのは早く、あれからすでに3年半が経ちました。あまりにも突然のことで気が動転し、事件当日のことは今では、細かいことは記憶にありません……。2018年5月24日のことは今思い出しても、どうしていいか分からず、とにかく人を呼ぶのが精一杯でした。しかも、私はあくまでもただの家政婦ですから、ドン・ファンの家庭のことにも仕事のことにも、出しゃばった真似はできません。そこで、すぐさま1階に降りて、長年働いている会社の幹部2人に電話したのを覚えています。

「社長が大変なことになった！　すぐ家に来てーっ！　早く！」

あとから娘や会社のスタッフから聞いたところによると、その間にサエちゃんは、119番通報して救急車を呼んでいたそうです。

おおいに取り乱した私とは対照的に、サエちゃんはいつもと同様、感情を表に出すことはなく、夫が亡くなったというのに、ずいぶん落ち着いているように見えたのを記憶しています。彼女は驚いて叫ぶこともなければ、悲しみのあまり涙を流すことも、不安でメソメソすることもありませんでした。こころなしか、どこかホッとしているようにも見えなくはありませんでした。

会社の人がドン・ファンの家に駆け付けると、その後、すぐに警察もやって来ました。

「そのまま！　動かないでください！」

警察はドン・ファンの家中を調べあげ、サエちゃんや私の私物も持っていきました。私がその当日着ていた洋服まで、すべて持っていかれてしまいました。明くる日からは、警察に呼ばれて、徹底的な取り調べが始まりました。生まれて初めて嘘発見器にもかけられました。

当時、自宅にいたのは、サエちゃんと私の2人だけです。第一発見者はサエちゃん、その直後の第二発見者は私でした。

和歌山県警の捜査によると、ドン・ファンの死因は急性覚醒剤中毒だそうです。注射針の跡は遺体には残っておらず、致死量の覚醒剤を口から摂取したのではないかと見られています。あまりに寝耳に水すぎて、未だに信じられません。

ドン・ファンは相当変わった人物ではありましたが、違法薬物なんて服用している場面は一度も見たことがないのです。性的な快楽を高めるために、覚醒剤を使っているなんて話を聞いたこともありません。もしそんなことがあれば、ラリって言動や様子がおかしいドン・ファンをどこかで必ず目にしたはずです。

パパ活にやって来る子の中には「社長を勃《た》たせるのが大変で……」と愚痴をこぼしていた女の子もいます。挿入できる状態まで興奮を高めるために労力を使い、そのうえ本番行為を繰り返すため、とても疲れるというのです。

「僕は生涯絶倫です！」を口癖としていたドン・ファンは、性的能力の低下をゴマかして強がっていたのかもしれません。そのことに悩み、覚醒剤を使おうと思った可能性はゼロではないとは思います。ただ、はたから見ている限り、ドン・ファンが売人から覚醒剤を手に入れていたとか、注射針や炙《あぶ》りの痕跡を隠蔽していたなんてことは、まったく思い当たるフシがないのです……。

脳梗塞を患ったせいでいつも口からヨダレを垂らし、ろれつがうまく回らない状態だったドン・ファンが、バイアグラのような強いＥＤ薬を服用していたとも思えません。そんな強烈なＥＤ薬を飲めば命に関わることは、本人だってよく知っていたはずです。

わずかな量を摂取してもラリってしまう覚醒剤や、命の危険のあるＥＤ薬を大量に口から摂取する――。ドン・ファン本人がそんな自殺行為に走る動機は、何ひとつ思い浮かばないのです。週刊誌でよく「死ぬまでセックス」という特集を組んでいますが、ドン・ファンは80歳になっても90歳になってもセックスに明け暮れ、最期は若い女性の体の上で腹上死したい人なのです。

24時間365日女性のことばかり考えている色魔でしたから、何があろうが違法薬物になんて手を出す人ではありません。私は今でもそう信じています。

それに急死の翌月には、イブちゃんのお別れ会のパーティも控えていました。ドン・ファンはお客さんを大勢招いて盛大にパーティを開こうと楽しみにしていたわけですから、そんな中で自殺することも絶対ありえません。なぜあのタイミングでドン・ファンが突然亡くなったのか、まったくもって不可解なことばかりなのです……。

キューピーコーワゴールドα－プラス

ドン・ファンの主治医は東京の聖路加国際病院におり、東京へ出張するたびにそこへ通って診察を受けていました。医者から勧められていつも飲んでいた常備薬がいくつかあるらしく、彼からリストを渡されて近所の薬局へ買いに行ったことがあります。「水を持ってきてくれるかな」と言うので「はい、どうぞ」とコップを渡すと、ドン・ファンは自宅の2階でその薬を飲んでいました。どんな名前の常備薬を飲んでいたか、はっきりとは覚えていません。毎日飲んでいた錠剤は、脳梗塞で倒れて以来服用していた血圧の治療薬か何かだと思います。

ただひとつ銘柄を覚えているのは、よくコマーシャルをやっていた「キューピーコーワゴールドα－プラス」という錠剤です。滋養強壮生薬《しょうやく》やビタミンが配合された気付けのこの薬を、ドン・ファンは毎日飲んでいました。疲れやだるさを取り、体を元気にする薬です。下半身の滋養強壮のために、この薬を好んで飲んでいたのかもしれません。そのほかには、目薬をさすこともありました。

晩年のドン・ファンは、足が水ぶくれのようにパンパンにむくんで、赤黒く腫れていたことがあります。

「あら、かわいそう。なんで、こんなに足がむくんでいるんだろう……」

そう心配して、私はドン・ファンの足を洗って拭いたり、優しくさすってあげたことがあります。主治医から詳しく聞いていないので原因は知りませんが、晩年のドン・ファンの体調が悪かったことは事実です。強烈な薬を服用すれば、わずかな量でも普通の人よりガン！と効いてしまうでしょう。

とはいえ、そのへんの薬局で処方箋なしでも買える「キューピーコーワゴールドα－プラス」のせいで、体調が急変して死ぬわけがありません。一体全体、誰がどういった目的でドン・ファンに覚醒剤を飲ませたのか？　はたまたドン・ファンが自ら覚醒剤を摂取したのか？　犯人が誰かも、動機が何なのかも、私には今にいたってもまったく見当がつかないのです。

うどんとキュウリとニンジン ドン・ファン「最後の晩餐」

ドン・ファンが亡くなった日、私はお昼にうどんを作って自分で食べました。まあまあおいしく作れたので、ドン・ファンが気が向いたらいつでも食べられるようにと彼の分も準備しておいたのです。午後3時にドン・ファン宅から離れるときに「よかったら温めて食べてください」と、うどんの鍋の横にメモを書いて、置いていきました。

内容は以下です（原文ママ）。

〈ごめんなさいね。うどんを鍋に入れて煮込んでくださいね。

あまり美味しくないかも…?

すみません。人集めの確認行きます。（イブちゃんのお葬式の件）〉

ところが、後日、警察から聞いたところでは、私には本当のところは分かりませんが……、どうやらサエちゃんだけが私の作ったうどんを食べ、ドン・ファンは、うどんは口にしていなかったそうです。しかし、このうどんのせいで、私に警察から、あらぬ嫌疑がかけられました。おなかが減った人のために、好意で簡単な食事を準備しておいただけなのに、私がこのうどんに覚醒剤を盛って、ドン・ファンを死なせたという疑いです。

私がそんなことをするわけがありません。ドン・ファンが亡くなったからといって遺産を相続できる身ではありませんし、家政婦の仕事がなくなれば日当をもらえなくなってしまいます。殺人を犯す理由なんてまったくないのです。

それにうどんに覚醒剤を盛ったのであれば、ドン・ファンではなくサエちゃんが死んでいたはずです……。

ところが、警察に聞いたところによると、亡くなったドン・ファンを司法解剖したところ、胃からニンジンとキュウリが出てきたというのです。この話には、まったく訳が分からず正直、驚かされました。しかしその情報をもとに、捜査員が私に「うどんにニンジンやキュウリを入れましたか？」と質問してくるのです。

「いいえ、うどんにはニンジンもキュウリも入れてませんよ。そんなものは絶対具材には使いません」

言下に否定しました。私が用意していったうどんを口にせず、なぜドン・ファンはニンジンやキュウリを食べたのか？　野菜はどこで買ってきたのか？　あるいは私が外出している間に外のお店で食事をしたのか？　その野菜の中に覚醒剤が仕込まれていたのか？　謎は深まるばかりで、私にはまるで何も分からないのです。

葬式にiPadを持ってきた若妻

次にドン・ファンのお葬式について、少し記したいと思います。家族が亡くなったときには、残された遺族は寝ずの番をして一晩中お線香の火を絶やさないものです。それが妻の当然の務めなのに、今でも忘れられませんが、サエちゃんはお線香を一生懸命焚《た》くような様子はあまりなく、うなだれていたのかもしれませんが、寝ているようにも少し見えました。

20歳そこそこで結婚したサエちゃんには、まだ社会常識が完全には備わっていなかったのかもしれません。北海道の札幌出身ですから、田辺の田舎で当たり前とされている作法も知らないのは致し方ないかもしれません。しかし、そんな彼女が喪主を務めたものですから、私が横について「次はこうやるのよ」と手取り足取り指図しなければ、まったく何もできませんでした。

小声で教えてあげなければ「皆さま、本日はご列席いただきありがとうございます」の一言すら言えないのです。

ゴニョゴニョ小さい声でしゃべるサエちゃんに向かって、「もっとデカい声出せーっ！」と怒鳴るドン・ファンの親戚筋もいました。壮絶な現場です。

ドン・ファンのお葬式の席では、信じられない光景がありました。サエちゃんはお葬式なのにiPadを持ってきて、退屈そうにタブレットの画面を時折見ているのです。これには驚きました。

日頃からご飯を作ることもほとんどなく、家事を手伝おうとする素振りすら見せません。そんな愛が冷めた若妻であっても、夫が亡くなったときくらいは、しおらしく振る舞うものではないでしょうか。サエちゃんは「葬式ウザい」と言わんばかりに、iPadでSNSだかゲームだかをいじって、暇つぶしをしているようにも見えました。

パパ活を経て、1カ月100万円のお小遣いが欲しくて結婚……。結婚後はセックスレスで、夫をまともに相手にもしない。愛情がなかったとしても、実の夫が亡くなったのですから、死を悼んで喪に服すのが普通ではないでしょうか。サエちゃんの不可解な行動は、私にはまったく理解不能でした。

ドン・ファンが残した遺言書 遺産をめぐる骨肉の争い

お酒や梅干しの販売業、不動産事業、金貸しなど多彩なビジネスを展開していたドン・ファンは、総額50億円とも言われる莫大な資産を作りました。当然、気になるのはその遺産の行方です。

ドン・ファンが亡くなったあと、手書きの「遺書」が見つかりました。短い一文ですので、ここで全文をご紹介しましょう。

〈いごん
個人の全財産を田辺市にキフする

アンカーアプリコの清算をたのム
平成25年2月8日
野崎幸助
××××殿〉

この遺言書は、ドン・ファンの知人が預かっていました。「アンカー」と「アプリコ」というのは、いずれもドン・ファンが経営していた会社の名前です。

報道によると、2019年9月に田辺市は、約13億5000万円にのぼるとされる遺産を、寄付として受け入れる方針を明らかにしています。とはいえ、妻であるサエちゃんは、このうち半額を相続できる権利があります。

一方、ドン・ファンの遺族は「この遺言書は無効だ」と裁判所に申し立てており、莫大な財産の行方はまだ決まっていません。

私がドン・ファンから聞いたところによると、彼は7人兄弟の子だくさん一家で、三男として生まれました。上の兄弟とは、ほとんど絶縁状態だと言います。

「ワシはあいつらから、ものすごくいじめられて……、さんざん嫌な思いをしてきた。あいつらだけは、絶対許さん。あいつらには一銭もやりたくない！」

あくまで、ドン・ファンの言い分ですし、彼の言い分ばかりをすべて信じるわけにはいきませんが、忌々《いまいま》しい様子で、いつも親族の悪口を言っていました。仲が悪い親族に財産を相続するくらいなら、慣れ親しんだ田辺市に財産をドーン！と寄付し、田辺に骨を埋めようと思ったのだと理解しています。

もちろん、遺言書の真偽をめぐるこうした争いは、家政婦である私には一切関係のない話ですが……。ドン・ファンが残した遺産の行方については、裁判所の判断を冷静に待ちたいものです。

ドン・ファンの若妻のその後

紀州のドン・ファンが急死したのは、２０１８年5月24日のことです。それから3年以上にわたって、死の真相をめぐって洪水のような報道がなされてきました。

急死から約3年が経過した２０２１年4月28日、事態は大きく動きます。この日、サエちゃんが殺人と覚醒剤取締法違反（使用）の容疑で和歌山県警に逮捕されたのです。5月19日には、和歌山地検に起訴されました。

〈捜査関係者によると、県警が●●●●容疑者（※原文は実名）のスマートフォンの通信記録を調べたところ、事件前に覚醒剤について調べた形跡があったという。県警は●●容疑者（※原文は実名）が覚醒剤を入手したことを確認したといい、インターネットを通じて密売人とみられる人物と接触して購入したとみて、入手ルートの裏付けを進めている。〉（２０２１年4月29日付、朝日新聞）

今でも、ドン・ファンが突然死した日、何があったのか？　私にはうかがい知ることはできません——。この原稿を執筆している2021年12月現在、サエちゃんは容疑を全面否認し、黙秘を貫いているようです。

その日、私が外出した午後3時から7時までの密室の中で、サエちゃんとドン・ファンの間でどんなやり取りがあったのか？　最後の晩餐が、なぜキュウリやニンジンだったのか……。裁判を通じて、今後、真実が明らかになっていくのではないでしょうか。

4000人斬りを成し遂げ、女の子に総額30億円をつぎこんだ紀州のドン・ファンは、誰も予期せぬ形で波瀾万丈の生涯を終えました。その死の真相は何だったのか？最後の最後までドン・ファンに仕えきった家政婦として、今はただただ裁判の行方を見守ることしか私にはできません。

番外編　千葉真一さんとのハリウッド共演

この夏、衝撃的なニュースが世界を走りました。日本のアクション映画の第一人者であり、「サニー千葉」の名で海外でも知られる国際的スター・千葉真一さんが、8月19日、新型コロナウイルスによる肺炎のため、82歳でこの世を去ったのです。

千葉さんは数年前から、障がい者スポーツイベント「スポーツ・オブ・ハート」に力を入れられており、私の娘がイベントのアンバサダーを務めていたことがきっかけで、何度かお食事をする機会がございました。千葉さんはいつもシックなブラックのスーツに身を包み、きらりと光るスワロフスキーが散りばめられたネクタイをビシッと締め、どこからどう見ても82歳には見えない、颯爽《さっそう》とした出立ちで現れるのです。

そんな千葉さんが、生前、なんとも素敵な構想を語られたのが、今も忘れられません。

「実はね僕、監督としてハリウッド映画を作りたいと今、思っているんですよ。たくさんの脚本を書いてるけど、特にこの『紀州のドン・ファン』を映画にしたら、ハリウッドも夢じゃないと思っていますよ。ぜひやりましょうよ！」

そう目をキラキラ輝かせながら話す千葉さん。正直、驚きを隠せませんでしたが、私はすかさず、こう答えました。

「ドン・ファンは生前から注目を浴びることが好きな方でしたからね。それも、千葉真一さんが監督の映画なんて、ドン・ファンもさぞ喜ばれることかと思いますよ！」

千葉さんと最後にお会いしたのは、お亡くなりになる2カ月ほど前だったでしょうか。後楽園にある「MLB cafe TOKYO」という、アメリカを彷彿させるライブステージのあるレストランで、約半年遅れの、千葉さんのサプライズバースデーをしたときでした。千葉さんが会場に入るなり、ファンの方々が次々に写真撮影をお願いするのですが、サービス精神が本当に旺盛な方なので、「良いですよ！」と快く応じ、一人一人、丁寧に対応されていました。いつも腰が低く、「実るほど頭《こうべ》を垂れる稲穂かな」という言葉通り、やはり世界のスターは違うなと感心させられました。

千葉さんとお話をしている中で、特に印象に残っていた言葉があります。

「日本はね、まだまだ世界に追いついていないんです。日本人はもっと世界に羽ばたかないといけないんですよ。日本人の役者がなぜハリウッドで有名になれないのか分かりますか？　英語が話せないのは論外ですが、日本人のカタカナ英語ではなく、ネイティブのように話せないと、世界に通用する役者にはとてもなれないんです。日本語だけ話していれば良いという時代は、もうとっくに終わったんですよ。

それから、とにかく本を読むことは大事ですね。本を読んで、その本をよく理解して、とにかく時間があれば本を開いて読むんです。私の弟子たちを見てください。常に待ち時間は、本を開いて読んでいます。時代小説、古典、哲学、何でも興味のあるものから読んでいけば良いんです。役者は脚本を心底理解していないといけないんです。アドリブでどこまでその役になりきって会話ができるか、本番中に若い役者たちに試したものですよ」

そう言って、水の入ったグラスを右手に持ちながら（日本酒やウィスキーを飲まれるイメージがありますが、「車なのでお酒は飲みません」と丁重にお断りされていました)、左手ではその役になりきって指をさし、こう続けられました。

「時代ものの映画のときにね、『おい、それでおぬしはどこへ行くんじゃ?』と台本に書いていない言葉を若手の役者に突然言ったらね、『あ……、えっ……』と、目をキョロキョロさせながら口ごもってね。カメラは回っているんだから、演技は続けなきゃいけないんですよ。役者は台詞《せりふ》だけを読むのが仕事じゃないです!」

すごみのあるドキッとする表情から、笑って無邪気におどけた表情にコロっと変わるのは、さすが超一流の役者です。千葉さんの迫力に圧倒されながらも、まるで自分がその若手役者にでもなったような、ハラハラした気分になりました。

また、〝永遠の師匠〟と慕っていた高倉健さんとのエピソードも興味深いものでした。

「よく健さんのお家に呼んでいただいてね、付き人もやっていたので、たくさんのことを学ばさせてもらったし、お金がなくて学生服しか着てない僕に初めてスーツをくれたのも健さんでしたね。

ある日、僕が健さんの家に着くと、健さんが一生懸命、庭の掃除をしてるんだよ。それで僕が慌てて『やめてください! 僕がやりますから健さんは座っててください!!』と言うと、『俺の仕事を取らないでくれ』と、飼っている犬の糞を片手に真面目に言われ、大スターの一言に拍子抜けしたというか、思わず笑ってしまいましたね。健さんは、僕なんかにも気遣いをしてくれる方で、本当に人格者でしたね」

レストランはとっくに閉店時間を過ぎていましたが、遅くまで話は盛り上がり、今後のプロジェクトや、若者に伝えたいことを情熱的にお話しくださいました。レストランの扉の前で、千葉さんと握手を交わし、「また会いましょう!」とお互い別れの挨拶をしました。まさか、それが最後のお別れになってしまうとは、そのときの私は知るよしもなく……。今頃、天国で千葉さんとドン・ファンは、2人で映画の話に花を咲かせているのでしょうか。実現できなかったことに悔いが残っていることかと思いますが、今思うと忘れることのできない運命的な夜となりました。

生前からドン・ファンは映画を作りたがっておりましたので、その思いが、千葉さんへと繋いでくれたのだと思います。このご縁を大切に、いつかお2人の夢を形にしていけたらと思います。大スターの千葉さんからのラブコールに、ドン・ファンもさぞかし天国で喜んでいるかと思います。生前に2人が会われていたら、どんなに良かっただろうかと思います。ドン・ファンにとっては夢の共演でしょう。
千葉さんも20代の大学生の素敵なガールフレンドがいらっしゃるということでしたから、きっと女性の話で盛り上がったことは間違いないでしょう。

千葉真一さん、数々の素晴らしい映画作品を通じて、たくさんの夢を見させていただきました。本当にありがとうございました。いまだに信じられませんが、どうか安らかにお眠りください。

おわりに

毎日札束を女性にバラまき、20代の女の子とのセックスにひたすら明け暮れるあなたは、いつしか「紀州のドン・ファン」と呼ばれるようになりました。

3分に1回のペースで誰かに電話をかけ続け、ちょっとでも気に食わないことがあれば、瞬間湯沸かし器のように怒り狂う。気分屋で身勝手で傾奇者《かぶきもの》のあなたにトコトン付き合いきれる家政婦は、日本広しといえど私くらいしかいないでしょう。

理不尽に怒鳴られ、なじられたとき「このクソジジイ！　あんたとはもうおしまいだ！」と堪忍袋の緒が切れたことは数え切れないほどあります。でもあなたには、ほかの男性にはないチャーミングでユニークな一面もありました。

豪快であけっぴろげで、自分がまわりからどう見られているのかなんて、一切、頓着しない。今この瞬間、自分がやりたいことに身を投じて完全燃焼する。そんな紀州のドン・ファンに仕え、あなたの人生に伴走できたことは、得がたく有意義な経験でした。

もうあなたに会い、言葉を交わすことはありません。ドン・ファンの勇姿は、私の心の中で永遠に生き続けています。どうか安らかにお休みください。

生前のドン・ファンは、ミニチュア・ダックスフントの愛犬イブちゃんをこよなく愛していました。

「ワシの遺産は全部イブちゃんに相続するからな！」

口癖のように、本気でそう繰り返していたものです。そのイブちゃんが2018年5月6日に急死し、まるであとを追うように、ドン・ファンは5月24日に突然亡くなりました。

ドン・ファンは今頃、天国でイブちゃんと楽しく戯れていることでしょう。天国では、人間もイヌも病気になって苦しむことなんてありません。愛おしいイブちゃんとともに、天国でいつまでも幸せに暮らしてほしいと心から願います。

女遊び以外に趣味も興味もまったくないドン・ファンが、あるとき意外なひとことを口にしたことがありました。

「ニューヨークのマンハッタンはいいですね。マンハッタンの5番街に、いつかビルを建てたいなあ」

私が娘と共に米国・ニューヨークに滞在していたとき、ドン・ファンが国際電話をかけてきたことがありました。あのときもしきりに「5番街は良いですねえ。ニューヨークは良いですよねえ」と繰り返していたものです。といっても、ドン・ファンはニューヨークに行ったことなどないのですが……。

ドン・ファンが急死したあとにそのことを思い出し、ドン・ファンの写真を持って、娘と一緒にマンハッタンの5番街を訪れました。

「ありがとう、ありがとう。やっぱり5番街は最高ですね〜！」

天国で微笑むドン・ファンの笑顔が、そのときはっきりと頭に浮かびました。

私はこれまで、ドン・ファンとの「愛のないセックス」に身を投じた幾多の女性たちに出会ってきました。今回、ご紹介をさせていただいた「パパ活女子7人」と「3人目の本妻」も、おそらくそうだったのでしょう。セックスの対価として10万円、20万円、100万円、200万円というお金を手にしたとしても、そのお金はまるで水分が蒸発するかのように、たちまち揮発してなくなってしまいます。そのときパパ活女子たちは、どれほどの喪失感と虚無感に苛《さいな》まれることでしょう。

パパ活を頭ごなしに否定するわけではありません。身を投じて稼いだ対価によって、物欲を満たす。学費を支払う。親に仕送りをして生活を助ける。パパ活によって得たお金のおかげで、足りなかったパズルのピースが満たされ、幸福度が増すことはあるのでしょう。反対に、いくらお金を稼いでも欲望が満たされることなく、心にポッカリ穴があいてしまうことだってあるはずです。

人間一人ひとりには、それぞれ一回きりのオンリーワンの人生があります。この本を読んだ女性たちには、自分が想い描いた幸せに向かって、自分を信じて夢を追求し続けてほしい。ドン・ファンの数奇な人生から、自分がどう生きるべきか座標軸を描いてほしい――。

パートナーとの間のあなたのセックスに、温かい愛はこもっていますか？

どうしてもお金が必要なとき、あなたには「愛なきセックス」ができますか？

「愛なきセックス」によってお金を稼ぐ生き方に、まったく後悔はないと１００％言い切れますか？　自信を持てますか？

本書を通じて、私はパパ活予備軍の女性たちに、この問いについて真剣に考えてもらいたいのです。


「お金は大事だよ～」

そんなドン・ファンの歌声が、いまだにふと、聞こえてきます。皮肉にも、大事なお金によってその命を縮め、お金では真実の愛を買えないということを目の当たりにしてしまった――。ドン・ファンがその生涯をかけて興じたパパ活は、なんとも悲しい結末となってしまったようにも思えます。

しかし、ドン・ファン本人は天国でこう叫んでいるのではないでしょうか。

「私の人生に悔いはないです。お金で真実の愛は買えませんでしたが、4000人の美女たちとお付き合いやセックスをすることができ、最高の人生でした」と。
ドン・ファンこと野崎社長から頂いたお手紙には、「人生は100歳までは準備期間」としたためられておりました。このお言葉を胸に刻み、日々精進して参ります。

2021年12月吉日

紀州のドン・ファン家政婦

木下純代

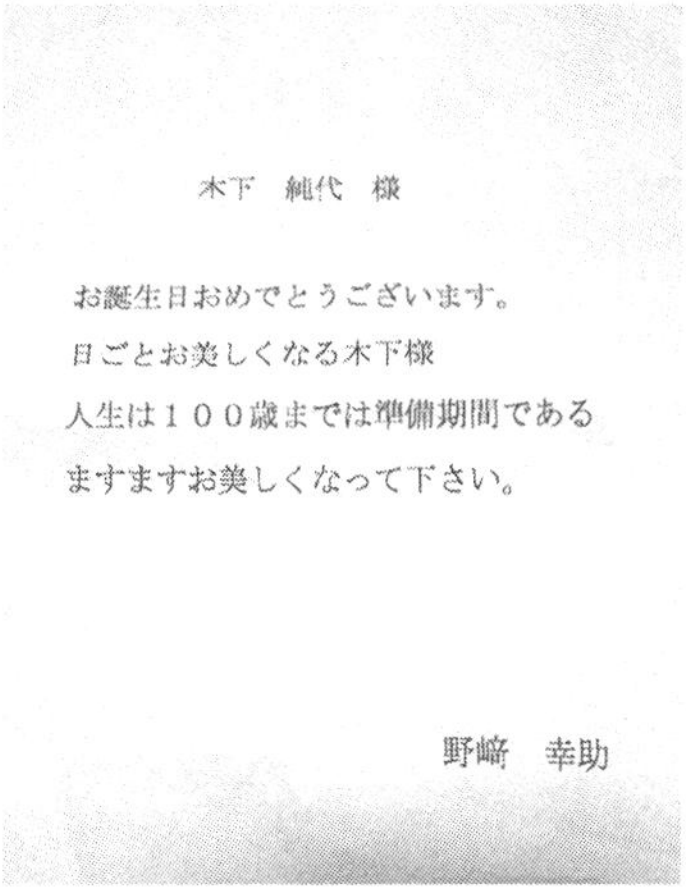

木下　純代　様

お誕生日おめでとうございます。
日ごとお美しくなる木下様
人生は１００歳までは準備期間である
ますますお美しくなって下さい。

野崎　幸助

木下純代（きのした・すみよ）
1951年6月20日、和歌山県田辺市生まれ。和歌山県立熊野高等学校を卒業後、帝国ホテルに入社。新幹線の食堂の販売員として勤務したのち、テレビ出演をきっかけに瀬里奈グループ（六本木・銀座の飲食店グループ）に転職する。六本木でのクラブ経営などを経て、1980年代半ばに「紀州のドン・ファン」と初めて出会う。以後、ドン・ファンの金融業を手伝い始め、公私ともの交友を通じてドン・ファンから信頼を集める。2016年から、家政婦として毎月10日間和歌山のドン・ファン宅で働く。2018年5月24日、突然死したドン・ファンの発見者となった。

カバーイラスト　おと
装幀・本文デザイン　bookwall
構成　荒井香織

家政婦は見た！
紀州のドン・ファンと妻と7人のパパ活女子

2021年12月25日　第1刷発行

著者　木下純代
発行者　島野浩二
発行所　株式会社双葉社
東京都新宿区東五軒町3-28　郵便番号162-8540
電話　03(5261)4818（営業）
03(5261)4828（編集）
http://www.futabasha.co.jp
（双葉社の書籍・コミック・ムックが買えます）
印刷所　中央精版印刷株式会社
製本所　中央精版印刷株式会社

落丁・乱丁の場合は送料双葉社負担でお取り替えいたします。
「製作部」あてにお送りください。
ただし、古書店で購入したものについてはお取り替えできません。
[電話]03-5261-4822（製作部）

ISBN978-4-575-31690-2 C0095